Une journée de chien

Sander Kollaard
Une journée de chien

Éditions Héloïse d'Ormesson

Roman *traduit du néerlandais (Pays-Bas) par Daniel Cunin*

L'éditeur remercie
la Fondation néerlandaise pour la littérature
de son soutien.

Nederlands letterenfonds
dutch foundation
for literature

Titre original :
Uit het leven van een hond

Éditeur original :

ISBN 978-2-35087-889-8

Éditions Héloïse d'Ormesson
92 avenue de France, 75013 Paris
www.editions-heloisedormesson.com

#lisez! engagé
www.lisez.com
Pour plus d'information :
Imprimé sur du papier issu de forêts gérées durablement.

Pour Jona & Floris

Vous mangerez votre *pain à la sueur de votre visage,*
jusqu'à ce que vous retourniez en la terre d'où vous avez été tiré :
car vous êtes poudre, et vous retournerez en poudre.

Bible de Sacy, Genèse, 3:19

Le cœur bat, songe Henk van Doorn alors qu'il se réveille, et le sang coule. À la réflexion, il s'agit de la chose la plus sensée que l'on puisse dire sur le sujet.

Une pensée curieuse, improbable, pour débuter la journée et escorter le retour à la conscience ; au moins, c'est un début qui suggère ce que tout début se doit de suggérer : une suite. En même temps que cette première pensée se présentent certaines données : l'espace dans lequel Henk se trouve (sa chambre), la temporalité (entre huit et neuf heures du matin) et le temps qu'il fait (ensoleillé). Elles ne s'avancent pas de bon cœur. Traînent les pieds comme des ados qui viennent de se réveiller et font la tronche au petit déjeuner, l'air renfrogné, offensés de se voir refourguer une journée de plus. Ces données, Henk, encore lourd et indolent sur le matelas, les observe à distance : on est samedi ; hier soir, Canaille n'avait pas l'air dans son assiette, peut-être a-t-il mangé quelque chose d'avarié ; Henk va devoir appeler sa nièce Rosa dont c'est aujourd'hui l'anniversaire. La quantité d'informations augmente à mesure que s'éveille la conscience de Henk et l'homme qu'il est. Henk van Doorn, infirmier en soins intensifs, cinquante-six ans.

Jetant un œil sur le réveil, il découvre que les informations recueillies ne sont pas toutes fiables : il est à peine six heures passées. Cela soulève la question de savoir s'il va se tourner, refermer les yeux, et ainsi évacuer ces informations dans un nouveau sommeil. Idée séduisante, mais il est trop tard. Alors qu'il a déjà engrangé une masse critique d'informations, d'autres arrivent de tous les côtés, plus alertes que les précédentes, non plus à l'image d'ados endormis, plutôt sur le modèle des génisses qu'il a vues dans le pré voici quelques jours et qui les ont suivis, lui et Canaille, le long de la clôture, excitées, déchaînées, jusqu'à ce qu'il fasse un pas dans leur direction, *meuh*, et qu'ensemble elles reculent avant de le fixer, à quelques mètres de distance, formant un demi-cercle de museaux mouillés et d'yeux rêveurs – un peu à la manière des données qui observent ce qu'il est et qui il est, cet homme encore immobile dans son lit.

Le cœur bat, Henk l'entend de nouveau, et le sang coule. Il se rend compte que cette pensée est un reliquat de la conversation qu'il a eue la veille au soir à la fin de son service avec une collègue, une jeune femme embauchée depuis peu dont il a oublié le prénom. Ils parlaient des significations que l'on attribue au cœur : l'organe qui renferme des secrets ; que l'on peut presser contre soi ; qui déborde parfois d'amour, mais qui, dans d'autres cas, reste d'une froideur à faire peur. Un tissu de conneries, a-t-elle dit sur un ton décidé qu'il n'a pas trouvé sympathique. Conneries. Le cœur est une pompe. Il bat, le sang coule, c'est tout.

Voici que Henk se met en mouvement. Il bascule sur le dos et s'étire. La lumière du soleil afflue dans la chambre, montrant avec exubérance qu'on est en été. En juillet, pour être précis. En pleines semaines de canicule, de « la petite chienne ». Depuis des jours règne une chaleur accablante ; flétries, les frondaisons pendillent aux arbres qui, abrutis par ces températures, bordent silencieusement la rue ; les gens étant en vacances, chaussées, trottoirs et magasins donnent l'impression d'être désertés. Henk, lui, n'est pas en vacances car il n'a personne avec qui partir et la simple perspective d'aller visiter, ainsi que son frère le lui a conseillé, les sites de la Grèce antique, l'hospitalière Gambie ou le mystérieux Antarctique avec un groupe de célibataires le fait vomir. Plutôt crever. Bon sang ! se dit-il, tout à coup en colère, mais qu'est-ce qui peut bien lui passer par la tête, à Freek ? Pourquoi pense-t-il que j'ai *un problème* ? Et que je devrais *prendre ce problème en main* ? Ses poings poilus forment deux boules sur la couette sans qu'il s'en rende compte. Dans sa tête, comme en bien des occasions, il maudit son cadet : Freek est un trouillard incapable de faire face à ce qui s'écarte de l'ordre des choses. De son ordre à lui. Henk ne relève pas de cet ordre-là. Henk est divorcé : première erreur. Henk est célibataire : deuxième erreur. Henk ne va pas en vacances : troisième erreur. Il pourrait égrener la liste à l'infini. Pas d'argent placé : erreur. Pas d'Audi : erreur. Pas d'appartement à soi : erreur. Pas d'abonnement à la salle de sport : erreur. Ses poings imitent les mouvements du cœur, pompant la colère en lui, pareille à du sang noir, de sorte qu'il est empoisonné – son amour de la vie, sa vitalité. De lui-même, il se rappelle à l'ordre. La colère, ce n'est pas bon pour lui. Ça le rend amer et ça l'enlaidit. Ça le vieillit. Ça ne l'étonnerait pas que ça le fasse grossir, or ce n'est pas du tout ce qu'il recherche.

Saskia. Le prénom de sa collègue. Elle est gracile, se teint les cheveux en blond, a un regard dur. Et Henk sait ce qu'elle voit quand elle le regarde : un vieux type fatigué, trop gros et plus tout à fait à la page. La vieille garde. En route vers la sortie. L'inverse n'est pas vrai : elle n'a pas conscience de la façon dont lui la voit. La jeune garde. Plus de savoir que d'expérience. Plus d'énergie que d'intelligence, comme les génisses. Leur conversation de la veille s'est déroulée dans l'atmosphère intime et contemplative qui s'installe parfois en fin de garde à une heure tardive, en particulier lorsque aucun patient du service n'est mort. Les pauvres diables vont s'éteindre au cours de la garde suivante, ou d'une autre, qui sait ? En attendant ils sont encore en vie. Leur tâche accomplie, Saskia et lui buvaient un café dans le poste de soins tout en parlant du cœur. Un organe merveilleux, il a dit. Il incarne nos sentiments les plus profonds. Connerie, a rétorqué Saskia. Rien que de la sensiblerie.

Il pense alors à Groucho Marx et éclate de rire. *I intend to live forever, or die trying*. Grâce à ce rire, son irritation est évacuée. Il s'étire encore une fois puis se redresse en réalisant qu'il a devant lui un long week-end sans la moindre obligation. Pas mal. Le soleil tombe sur le plancher couleur foie de veau et sur les rayonnages en bouleau des bibliothèques qu'il a lui-même fabriquées. Il habite ici depuis son divorce, cela fait trois ans. Le rez-de-chaussée du petit immeuble sis dans la Nieuwstraat est occupé par un couple âgé et grincheux, lui occupe le premier et le deuxième étages. Située au second, la chambre ouvre sur les toits voisins ainsi que sur un embrouillamini de jardins, de remises et de venelles. La lumière afflue par deux côtés, mais comme personne ne peut voir l'intérieur de la pièce, elle donne l'impression de flotter au-dessus de la ville. C'est sa cabane perchée en haut d'un arbre, son nid-de-pie. Là, il savoure la sensation d'être détaché de tout. Là, il est libre, affranchi de toute attention, loin du tumulte qui accompagne la fréquentation des humains. Ses yeux passent sur les étagères qui dégorgent de livres ; il les connaît tous, sur un mode personnel, chacun revêtant pour lui une signification particulière. Ce dos orange pas bien large, par exemple, un bouquin formidable. Il l'a lu l'année de son divorce. Lydia ne l'a pas aimé du tout. Peut-être est-ce cela qui a fait pencher la balance : une personne qui ne considère pas que ce livre est formidable ne vaut rien, point barre.

Il se redresse un peu plus, les pensées déjà ailleurs, plus loin, à la proue de sa vie. Ça se précipite maintenant. Les informations collent, attachent, font des grumeaux, ; peu à peu, elles deviennent assez consistantes. Il peut dès lors se lever. Ce qu'il fait, animé d'une joie de vivre, souriant à ce samedi de liberté qui, tel un enfant, sautille devant lui.

Henk est un homme réfléchi. Il estime qu'il s'agit là d'une qualité et accepte par conséquent son incapacité à renvoyer la balle, du tac au tac ou avec élégance, à un interlocuteur. Parfois cependant, ça le contrarie, comme hier soir avec Saskia. Elle parlait, il écoutait. À deux ou trois reprises, il a essayé de nuancer ce qu'elle avançait ou de lui opposer un argument, mais elle ne semblait pas même l'entendre. Son assurance le dérangeait. Il n'aime pas les gens qui ont un avis tranché, moins encore quand ce sont de jeunes gens – ceux-ci auraient un certain mérite à reconnaître qu'ils défendent des points de vue bornés.

Certes, elle était trop catégorique, mais avait-elle pour autant tort ? Que lui aurait-il objecté s'il avait été doué d'un sens aigu de la répartie ? Quelque chose dans ce goût-là : On est d'accord, Saskia, le cœur est une pompe, mais comme presque toutes les parties du corps, c'est un peu plus que cela. Le corps se prête facilement à la personnification de ce qu'on pense, de ce qu'on ressent. On a les doigts qui nous démangent. On a bon dos. On a du nez. Et quand on est amoureux, on sent notre poitrine gonfler, ce qui nous fait dire qu'on a le cœur qui déborde. Le langage jaillit naturellement du corps, c'est cela que je voulais souligner. Maintenant, j'ai une question : qu'est ce qui te contrarie au juste ? Tu estimes qu'on ne devrait pas user et abuser du corps comme source de métaphore ? Qu'entends-tu par *sensiblerie* ? Pour être honnête, je pense que tu n'en as aucune idée. Ton assurance et ton flot de paroles, les répétitions auxquelles tu recours et la façon dont tu fais fi de mes arguments n'expriment en rien une conviction, uniquement l'inconséquence de ta jeunesse. Ce que tu viens de dire ? C'est une manière de te décharger de la tension que notre travail, indubitablement…

– J'ai vingt-huit ans. Ce n'est pas si jeune que ça.

– La jeunesse n'est pas qu'une question d'années, Saskia. À mes yeux, tu es jeune parce que toute capacité de réflexion te fait défaut. Tu exprimes haut et fort des sentiments sans vraiment les comprendre, leur attribuant la première signification qui te vient à l'esprit pour mieux t'en débarrasser. Mais une fois qu'on a dit ça…

– Non mais dis donc !

– Une fois qu'on a dit ça, Saskia, je constate que tu as soulevé un point intéressant. Le cœur pompe, le sang coule. On est *poudre.* Plus précisément, de la poudre biologique animée. Il s'agit là d'un constat factuel que beaucoup, c'est étonnant, refusent de reconnaître. Rien que de la poudre ! Comment peux-tu soutenir cela ? Quelle froideur ! Quelle morosité ! Résister revient à penser qu'on est plus que de la simple poudre. Qu'on a une âme ou un esprit, un dieu intérieur, un truc noble ou spécial qui nous élève au-dessus de la *matière triviale.* C'est un sentiment porteur de l'écho des siècles au cours desquels on se croyait spéciaux, la couronne sur la Création ou le point final logique et magnifique de l'évolution, mais aujourd'hui, on est bien mieux informés. Rien ne nous a prévus, voulus ou conçus. Rien ne nous rend nécessaires. Contrairement à bien des gens, je trouve cette idée grisante et libératrice. On peut agir à notre guise, on est donc réellement libres, en aucune façon liés à une destinée ou une rédemption. En d'autres mots, Saskia, tu as raison. On est poudre…

– C'est ce que je m'escrime à te dire !

– C'est en effet ce que tu as dit et ce que j'appuie. On est faits *de poussière et de temps*, pour reprendre une formule de Borges. Tu sais qui c'est ? Non, bien sûr que non. Poussière et temps. Je suis de la poudre qui existait des milliards d'années avant ma naissance et qui, par chance et pour mon bonheur, a pris en 1961 la forme que tu vois. Avec ma mort, elle perdra cette forme. Cette perspective me paraît bien triste – malgré ses défauts évidents, ma forme, j'y suis attaché –, mais qui sait si des parcelles de la poudre qui porte aujourd'hui mon nom ne se réassembleront pas un jour en d'autres formes, un chat ou un nuage, un roman ou un baiser. Est-ce trivial ? Est-ce froid ou sans cœur ? Au contraire, j'y vois de la *grandeur* : une histoire grandiose et captivante qui…

Soit, mais Henk n'a pas le sens de la répartie. En homme réfléchi, il préfère peser le pour et le contre avant de parler, ce dont il lui arrive de payer le prix. Au volant, en rentrant chez lui hier soir, il a bissé la conversation avec Saskia, mais cette dernière n'était plus à côté de lui. Il n'y avait personne et, bien qu'il se soit livré à cet exercice avec un certain plaisir, la solitude lui a pesé. Il a emprunté l'A9, pris la sortie Driemond puis longé le canal, tourné à gauche, à droite, est entré dans Weesp, tout droit sur les pavés en direction de l'hôtel de ville qui se dressait, massif, contre le ciel de la nuit d'été, puis encore à droite pour s'engager sur le quai bordé d'habitations.

Pour faire court : il était seul.

Le chien n'est pas d'aplomb. Canaille suit Henk, comme toujours, mais ce n'est pas de bon cœur. De temps à autre, il s'arrête, haletant, langue molle pendouillant sur le côté, plus ou moins en signe de reproche.

« Viens, bonhomme ! »

Henk s'efforce d'adopter un ton enjoué, mais perçoit dans sa voix l'inquiétude qui l'habite. Canaille n'est pas d'aplomb. Henk ne reconnaît pas son animal. Pas vraiment. Le chien lui est presque un étranger. Et il a l'impression d'être lui-même devenu un étranger pour le chien. Le naturel avec lequel l'animal répond d'ordinaire à ses sollicitations, le regarde en paraissant toujours savoir où il est et ce qu'il veut a disparu. Cette distance entre eux trahit ce qui se passe : Canaille est malade. Il n'est ni vieux, ni fatigué, ni accablé par la chaleur, il n'a rien mangé d'avarié, non, il est malade. C'est ce que fait la maladie : elle nous éloigne des rapports normaux qu'on entretient au quotidien, nous réduit à l'état d'étrangers les uns pour les autres. Elle détruit le naturel grâce auquel on est qui l'on est et ce que l'on est. Elle nuit à toute forme d'intimité. Les voici donc tous deux de chaque côté d'un précipice, en train de se regarder, Henk éprouvant une peur paralysante dans la poitrine et Canaille éprouvant, euh… voyons… Henk n'en sait rien.

Mais il persévère. Il ne faut pas décourager le chien. Plutôt l'inciter à réintégrer un monde familier. Il doit rester dans son rôle afin que le chien le reconnaisse. Le patron, c'est lui. Il est l'homme à la démarche ferme, qui agite la laisse à laquelle Canaille n'est pas attaché. Il est l'homme que traversent des idées, celle-ci par exemple : « Viens ! »

Il se remet en marche et trottine le long des eaux du Vecht. Canaille, Henk le sait, aime courir. Courir, c'est excitant. Courir, cela sous-entend : attraper un bandit, chercher une balle ou rapporter une proie ; aussi, le chien aime courir derrière lui, aboyant, excité, débordant de vie.

Au bout de quelques mètres à peine, Henk constate qu'il fait beaucoup trop chaud pour songer à un effort sérieux. Toutefois, hors de question de revenir sur ses pas puisqu'il faut inciter le chien à retrouver ses habitudes. Courageux, il trottine. Il est habillé pour faire un jogging. Il porte un pantalon de survêtement et un vieux tee-shirt délavé gagné lors d'une tombola de l'association du personnel. *Adhérez à l'AdP.* Depuis plus d'un an, ses baskets trahissent un réel manque de discipline : elles sont comme neuves. De temps à autre, l'augmentation progressive de son poids l'amène à prendre la pieuse résolution d'aller courir régulièrement (et quoi qu'il en soit de manger moins, d'éviter les dés de fromage à l'apéro, d'instaurer des jours de la semaine sans une goutte d'alcool et de ne mettre sous aucun prétexte du sucre dans le café), mais en général, après trois ou quatre footings, il abandonne. On ne peut pas supprimer tous les petits plaisirs, se convainc-t-il, la vie est trop courte. Mais si tu ne cours pas, assène Freek de vive voix ou insidieusement, tu la raccourcis encore un peu plus.

Il court. Il transpire. Il attend les légers tic tic des pattes sur l'asphalte, des aboiements, mais rien ne se produit, et quand il jette un coup d'œil en arrière, il constate que Canaille ne le suit pas. Le chien s'est couché dans l'herbe au bord de la chaussée. Henk s'arrête, repart dans l'autre sens, s'agenouille près de l'animal qui pose sur lui un regard n'offrant aucune prise. Ce que le chien ressent échappe à Henk. Ce dernier lui caresse la tête, fait passer une des oreilles soyeuses entre son pouce et son index, ainsi qu'il aime à le faire.

« Ben alors, bonhomme…

– Il a soif, j'imagine… »

La voix féminine le prend totalement au dépourvu. Absorbé par l'état de son chien, Henk, comprend Henk en se retournant, n'a pas prêté attention à ce qui l'environne. La femme se tient près d'une grille ornementale qui lui arrive à la taille ; la grille permet d'accéder à un enclos bordélique au sol tapissé de dalles rugueuses, attenant à une péniche. Ici, une pile de vieilles planches, grises d'usure et d'âge. Là, dans un fatras de pots, de boîtes de conserve et de casseroles se dressent des plantes aux stades les plus variés du bien-être floral – de l'exubérante floraison à l'ultime flétrissure. Un cyclomoteur, en grande partie démonté, cerné de pièces et d'outils, bloque l'accès à l'habitation aquatique. La femme, elle aussi, semble un tantinet démantelée. Belle jadis, Henk le devine, mais cela ne date pas d'hier. Les années sont plus dures avec les femmes qu'avec les hommes. Non, il se corrige, pas les années, les hommes. Ils sont plus durs envers les femmes qu'envers eux-mêmes. Henk se considère comme un féministe, aussi sa rectification le satisfait. Revers de la médaille : à chaque réflexion qui lui vient à propos des femmes, il perd toute assurance – lui, il : un homme, après tout. C'est ce qu'il se passe en cet instant. Paralysé par l'afflux de cette rinçure de pensées sur les injustices que les hommes font subir aux femmes, il omet de répondre et reste immobile. Ça n'a aucune importance. La femme ne fait pas attention à lui, elle n'a d'yeux que pour le chien.

« Regardez-moi ça, dit-elle, ce pauvre diable… »

Canaille est allongé, pattes avant étendues devant lui et pattes arrière repliées sous lui, de sorte que ses hanches saillent du dos. Il halète. La langue pâle suggère qu'il est malade, on dirait une vieille lavette toute sèche. La femme fait demi-tour et revient une minute plus tard, une gamelle d'eau à la main. Elle ouvre la grille, traverse le chemin et pose la gamelle à côté du chien. Canaille n'est pas intéressé. Il regarde Henk. Henk rapproche l'eau de sa gueule.

« Tiens… »

À présent, le chien prend quelques lampées, d'abord machinalement, puis avec un peu plus d'énergie. Le voici même qui se redresse. En un rien de temps, sa queue balaie avec enthousiasme la chaleur de juillet.

« C'est bien, bonhomme, c'est bien… »

À son tour, la femme s'agenouille près de l'animal. De ce fait, Henk se retrouve tout à coup côte à côte avec une inconnue sur les bords du Vecht. Ça l'embête. D'autant plus que la distance entre eux est trop réduite à son goût – il perçoit la chaleur du corps de la femme, respire l'odeur de sa peau – or cela génère une tension en lui, il a envie de se redresser. Ce dont il s'abstient, de crainte qu'elle ne prenne sa réaction pour de la muflerie. Au préalable, établir un semblant de contact. Il caresse la tête du chien qui boit.

« Apparemment, il en avait besoin, merci.

– Faut dire que ça cogne…

– Il paraît que c'est le mois de juillet le plus chaud depuis 1897.

– Oui, le climat, tout ça… »

À ce stade, les convenances l'autorisent à se redresser. Le chien continue de laper l'eau. Henk se demande si c'est vraiment aussi simple que ça : aurait-il donné trop peu à boire à Canaille ? Il aimerait le croire, mais l'inquiétude suscitée par le comportement de l'animal ne se laisse pas aussi facilement refouler. Il n'empêche, il se remet à respirer. Des eaux du fleuve émane une légère odeur de pourriture, qui n'est pas pour autant désagréable. Plus loin, l'air au-dessus de la chaussée vibre, une chaleur qui va tout paralyser au fil de la journée. Il ferait peut-être bien de…

Attends voir. Il trouve la femme *attirante*. S'il ne s'est pas redressé tout de suite, ce n'est pas parce qu'elle était trop près de lui, mais parce qu'elle l'excite. Il en reste comme deux ronds de flan. Il y a une éternité qu'une femme ne lui a fait pareil effet, et, apparemment, il n'est pas parvenu à resituer d'emblée cette sensation de rut – le mouvement sous la poche, le sexe qui se signale, impatient, un peu comme Canaille à l'approche de l'heure de son repas. Henk pose les yeux sur le haut du crâne de la femme : les racines sont plus foncées que les longs cheveux grisonnants. Au niveau du dos, où le col de la robe bleue révèle la peau et l'absence de soutien-gorge. Il sent l'impatience de son sexe s'accélérer et enclencher le mode urgence – l'urgence de pousser la femme dans l'herbe, par exemple, et de la déshabiller, et de la, euh… Voyons, ça ne se fait pas. Effaré, il recule d'un pas, se retrouve sur la chaussée. La seconde suivante, un cycliste qui passe en trombe l'évite de justesse. Henk perçoit le déplacement de l'air chaud ainsi qu'une odeur douceâtre, peut-être une huile de massage, il perçoit aussi le sifflement des pneus sur l'asphalte. La quasi-collision a déséquilibré le cycliste. L'homme – c'est un homme, voit Henk, qui, par réflexe, a pivoté d'un quart de tour – fait un brusque écart vers le milieu de la route, vacille, zigzague, corrige par miracle sa trajectoire et, indemne, se remet à pédaler. Mais il est fâché. Enfin rétabli sur sa selle, il se retourne et dresse le majeur de sa main droite. Henk est déstabilisé, il n'a pas fait exprès, il a agi sans malice, tout au plus avec maladresse ; de surcroît, aucun dommage n'est à déplorer, alors où est le problème ? Quelle réaction idiote, quel connard, et voilà que, ouais, lui aussi lève la main, majeur pointé en l'air dans un réflexe typique de mâle, stimulé par le poison de la testostérone.

L'appartement est curieusement calme et désert. Après l'exubérante lumière du dehors, il paraît crépusculaire. Henk a l'impression de ne pas être le bienvenu, se sent presque un intrus, voilà peut-être pourquoi il se comporte d'une façon qui ne lui est pas coutumière : il ouvre le frigo d'un coup sec. Mettant trop de force pour écarter les rabats de la brique de lait fermenté, il les déchire. Une fois son verre vidé, il le repose brusquement, près de l'évier. Puis, alors qu'il reprend son souffle après avoir bu d'un trait le liquide épais, un souvenir désagréable s'impose à lui. Il n'a absolument aucune envie de voir resurgir cet épisode de sa vie, mais pas moyen d'y échapper, la meilleure option est donc de le traverser pour s'en extirper au plus vite. Il y a environ cinq ans, il est rentré chez lui dans des circonstances peu ou prou similaires, pas ici bien sûr, mais à Amsterdam, par une journée tout aussi chaude. C'était à une heure inhabituelle : il était parti travailler mais, se sentant grippé, avait quitté l'hôpital plus tôt que prévu.

L'appartement du quartier Rivierenbuurt était aussi calme, désert et crépusculaire que celui dans lequel il vient de rentrer, mais rapidement, il s'était aperçu qu'il n'était pas seul. De l'étage lui parvenaient des halètements et des gémissements. Il avait reconnu Lydia, mais pas l'homme avec qui elle était de toute évidence en train de baiser. Tout en montant l'escalier pour les prendre en flagrant délit, il s'interrogeait sur l'identité du type. Il s'agissait d'un voisin. Prénommé Arie. Un gars petit et trapu. Qui bossait pour la municipalité. Henk voyait en lui un cuistre doublé d'une andouille. Arie avait des fesses, ainsi que Henk put le constater, d'une blancheur intense et étrangement glabres par rapport à un dos et des cuisses très velus. Peu de force musculaire se dégageait des ébats : ils pompaient – si le mot est approprié – sans y mettre beaucoup de conviction. Malgré tout, Lydia émettait les bruits de circonstance. Elle geignait et gémissait, dressait les jambes le plus haut possible, tandis que son bassin se tordait et se tortillait sous les fesses blanches. Perplexe, Henk les laissa faire et attendit en bas, assis à la table de la cuisine, qu'ils en terminent. Ce qui rend le souvenir supportable, c'est le spectacle qui s'était déroulé sur la figure du voisin alors que, finissant de se rhabiller en descendant les escaliers, il avait découvert la présence du mari. Le visage d'Arie s'était aussitôt heurté à toutes sortes d'impulsions difficilement conciliables : la sensation de triomphe qu'éprouvent les hommes de cet acabit après avoir couché avec la femme d'un autre ; le désagréable constat d'être pris sur le fait ; l'estimation rapide des complications qui s'annoncent (bagarre sur-le-champ avec Henk, querelle chez lui avec sa propre femme) ; le déplaisir de se retrouver dans cette situation ; et ainsi de suite. Henk ne parvient toujours pas à poser les mots justes sur la physionomie du voisin. Confusion, ça n'évoque pas le soupçon de honte. *Mal à l'aise. Estomaqué.* Minable, peut-être. Quoi qu'il en soit, une poignée de secondes plus tard, Lydia avait rejoint Arie, l'expression de son visage plus facile à lire que celle de son amant : l'indignation.

« Qu'est-ce que tu fabriques ici ?

– Je me sens pas bien. Un rhume.

– En plein milieu de la journée ?

– Ouais.

– T'aurais pas pu prévenir ? »

Bon, d'accord, ça ne s'était pas tout à fait passé comme ça, mais ce dialogue restitue bel et bien le ton dominant de l'accueil qu'elle lui avait réservé. C'était sa faute à lui si elle se retrouvait dans une situation aussi épineuse. Néanmoins, à ce moment-là, leur mariage ne semblait pas encore perdu. Un adultère, c'est un adultère, stupide, vulgaire, mais compréhensible au fond, nous sommes tous poudre, et tout bien considéré, ce n'est pas la raison pour laquelle un mariage finit par échouer. Henk lui non plus n'avait pas toujours été fidèle. Il soupçonnait Lydia d'être au courant, supposait qu'elle partageait son avis sur la question et qu'elle lui avait en conséquence pardonné en silence, ce que lui avait fait à son tour. Avec le recul, il s'est rendu compte que le moment où il l'a surprise avec Arie a bel et bien constitué un point de rupture. Il ne lui a en réalité jamais pardonné. Tenez : il est toujours aigri. Il s'était tout bonnement comporté comme un gosse : se laisser séduire par l'idée d'être un homme au grand cœur, capable de pardonner, et cette imposture a…

Il s'interrompt. Chouette, super, il se dit, déterminé, une détermination qui l'amène à formuler la phrase suivante à haute voix : « Chouette, super, mais maintenant, il est temps de prendre une douche. »

Gagnant la salle de bains, il s'agenouille près de Canaille, couché dans son panier, tranquille, un peu apathique, mais pas en état de détresse. Le chien le regarde. Dans les yeux sombres, Henk reconnaît une profondeur qui rappelle celle d'un étang ; il reconnaît le haussement comique du sourcil, le soupir avec lequel l'animal pose la tête sur le bord du panier après avoir reniflé la main de son maître. Ça le rassure, cette réciprocité – ça contrebalance la sensation désagréable de s'être sentis des étrangers l'un pour l'autre, tout à l'heure.

Après la douche, il téléphone à Rosa. Tandis que ça sonne, il voit à la pendule de la cuisine qu'il n'est pas encore huit heures, bien trop tôt pour sa nièce, mais quelqu'un décroche. C'est Freek.

« Eh ben, dis-moi, c'est tôt. Quelqu'un est mort ? »

Ils n'ont plus personne dans leur entourage dont le décès obligerait Henk à appeler Freek. La dernière fois qu'il l'a fait, c'était lors de celui de Jan, leur frère aîné, il y a déjà dix-huit ans.

« Comment ça se fait que tu décroches le téléphone de Rosa ?

– Il traîne là, sur la table. Je sais pas pourquoi. J'ai vu que c'était toi. Au fait, sais-tu sous quel nom tu apparais dans sa liste de contacts ? Tonton Toqué.

– Dans mes contacts, elle figure sous celui de Rosa Bizarre. Une vieille plaisanterie. Entre elle et moi. »

Ces dernières paroles, il les ajoute après une brève hésitation, car en les prononçant, il prend le risque de vexer Freek. Celui-ci se considère comme un père moderne, ouvert, très compréhensif. Il entretient une super relation avec ses enfants qui ne lui cachent rien. Or Henk ne vient-il pas de lui prouver qu'ils le font malgré tout ? Henk n'attend pas de son cadet qu'il réplique.

« Une belle journée pour ta merveilleuse fille.

– Oui.

– Déjà dix-sept ans…

– Dix-sept ans, oui. »

Freek a l'air absent. Que se passe-t-il ? En général, c'est lui qui prend les rênes de la conversation. Il est directeur d'une usine de construction mécanique. Il passe le plus clair de son temps à tenir le crachoir d'une réunion à l'autre. Faites ceci, faites cela. Freek finit par s'expliquer.

« La photo sur le téléphone de Rosa… dit-il, non plus absent, mais sur un ton hésitant. Ce n'était pas à l'enterrement de Jan ? »

Henk n'en a aucune idée, mais ça le touche que Freek évoque la mort de leur frère. Ce décès est l'une des rares choses qui les lient encore l'un à l'autre. Dans les semaines et les mois ayant suivi les obsèques, ils se sont régulièrement retrouvés, soit dans un café, soit dans un restaurant, jamais à leurs domiciles, car la moindre présence les aurait dérangés : la mort de leur aîné était leur affaire à eux seuls. Eux, les frères en vie. Le plus souvent, ils échangeaient des banalités. Tout au plus évoquaient-ils Jan en passant. Tu te souviens quand il… Tu te rappelles le… Au fil du temps, les contacts se sont espacés et le lien s'est distendu, mais en des moments comme celui-ci, Henk ressent un peu de cette chaleur qu'il éprouvait à l'époque pour son cadet sûr de lui, pédant et arrogant. Il s'imagine Freek en train de contempler la photo, ému, avec plus de douceur, plus d'humanité que de coutume, et non avec son regard perçant et ses traits durs autour de la bouche. Il cherche quelque chose de gentil à lui dire, mais Freek le devance.

« Avec les années, t'as pris pas mal de kilos, hein ? »

Henk ferme les yeux et, de sa main libre, se frotte le crâne. Un geste affectueux qu'il n'est pas rare de lui voir faire. Il aime son crâne qui présente une forme ronde et régulière, qui est toujours chaud, même en hiver – le signe d'un cerveau actif, aime-t-il à plaisanter. De plus, il s'agit d'un geste expressif qui, selon de minimes variations, traduit à l'occasion un panel de sentiments : la surprise, l'embarras, le bien-être… Cette fois, c'est de l'agacement, ce qui se manifeste par l'accélération de la caresse, d'avant en arrière sur le crâne, les doigts courbés.

« *Anyway*, fait Freek, comment va la vie sinon ? »

Leur échange téléphonique s'engage alors dans un sillon routinier. Ils discutent pendant quelques minutes des choses du quotidien. La chaleur, la nouvelle voiture (d'occasion) de Henk, les prochaines vacances de Freek (un gîte *sympa* en Provence). Freek prend des nouvelles de Canaille, Henk lui dit que le chien vieillit, Freek reprend :

« Ce sont des choses qui arrivent... Après tout, il a déjà... Il a quel âge, déjà ?

– Presque quatorze ans.

– C'est ce que je disais, ce sont des choses qui arrivent. Et le travail ? Beaucoup de morts ces derniers temps ? »

Le travail. Jamais *ton* travail. Et toujours la même blague. Quoique, une blague ? Henk suppose que la mort inspire une profonde angoisse à son frère : son ton à la fois rude et gai trahit le fait qu'il joue au dur. Freek est un exemple parfait de la catégorie de personnes qu'il a décrite hier soir à la Saskia imaginaire, quelqu'un qui a du mal à accepter l'idée de *n'être que poudre*, et dont il ne restera rien de reconnaissable à la fin. Freek ayant lui-même mis le sujet de la mort sur le tapis, Henk pourrait choisir de l'asticoter. Il pourrait avancer des statistiques. Parler d'incidence, de prévalence. Lui raconter une anecdote à propos des soins intensifs. Sortir un truc comme : Bah, une fois mort, on n'est plus là, *pouf*, c'est aussi simple que ça. Ce genre de propos, ça rend Freek fébrile, son aîné le sait par expérience, il resservirait tout de suite ses vieux arguments. *Personne* ne peut affirmer quoi que ce soit de sensé sur la vie après la mort. Personne ne peut *savoir* quoi que ce soit là-dessus. En effet, répondrait Henk, personne ne peut savoir quoi que ce soit là-dessus car la mort signifie qu'il n'y a plus rien qui *puisse savoir*. Bah ! Après les quelques secondes que lui prennent ces réflexions, il abandonne l'idée de l'asticoter : malgré la remarque sur son embonpoint, un rien de tendresse persiste à l'égard de son petit frère. Il opte donc pour la réplique attendue. Freek a sorti une de ses blagues consacrées, à lui à présent de formuler une réponse consacrée :

« Une bonne moyenne de 2,3 par semaine.

– Pas mal, ça ! »

Une humeur allègre résulte de ce petit rituel dont elle est d'ailleurs l'un des ingrédients. Elle tire même un rire à Freek : un son court et sec qui s'éteint immédiatement. Puis il se met à parler de la boîte. Là encore, un de ses mots : *la boîte*. Jamais l'usine ou mon travail, pas même le travail, non, la boîte. La boîte prend le pas sur l'intérêt individuel. La boîte, c'est plus que de la poudre. Un jour, Freek a guidé Henk dans l'horrible bâtiment situé à l'ouest de la ville, un grand hall où des machines pilonnent et fulminent, actionnées par de flegmatiques ouvriers coiffés d'un casque anti-bruit jaune vif et habillés d'une combinaison beige portant le logo de la société. D'une oreille distraite, Henk écoute les dernières nouvelles de la boîte (voyage d'affaires en Chine, nouvelle presse) jusqu'à ce que Freek change tout à coup de sujet.

« Eh, j'ai une idée brillante. On fait un barbecue ce soir. Pour Rosa. Petite fête. Une poignée d'amis, les voisins, quelques camarades de classe. Tu viens, toi aussi, comme ça, tu pourras lui souhaiter un bon anniversaire de vive voix. Disons… vers dix-sept heures. »

Le staccato est le signe qu'il n'est pas sûr de lui. Freek, comprend Henk, s'est laissé emporter par un soudain élan d'amour fraternel ou par la tentation de se montrer généreux, mais il le regrette aussitôt, à en croire le staccato. Henk sait pourquoi : Freek a peur que son aîné fasse tache au milieu des invités. En cela, il n'a pas forcément tort. Il y a de fortes chances que Henk ne se sente pas à sa place. Il se souvient vaguement d'un pilote à la retraite accompagné de sa troisième épouse, d'un quarteron de confrères de son frère, d'une céramiste avec laquelle, pour une raison ou une autre, ce dernier et sa femme sont très liés. Parmi les camarades de classe, Henk se figure de magnifiques jeunes gens sans un brin de cervelle, ce dont ils n'ont pas conscience, et qui jugent normal que tout leur tombe tout cuit dans le bec. Il n'a pas envie d'accepter l'invitation. Ce n'est pas un problème, Freek regrette déjà sa proposition, il va lui laisser toute liberté de la décliner.

« Ce soir ? En fait, j'ai déjà des projets…

– Oui, mais maintenant, tu en as un meilleur.

– Oui… Non… La vérité, c'est que je ne préfère pas laisser Canaille tout seul…

– Allons, ne me dis pas que c'est grave à ce point ? Fais-le pour Rosa. Elle t'adore, tu le sais, hein ? »

Henk se frotte de nouveau le crâne. Freek comprend que son frère cherche à se dérober et qu'il compte sur lui pour lui fournir une échappatoire ; or il ne lui en procure aucune car il ne peut résister au plaisir de voir son grand frère patauger dans la semoule. Reste à savoir si celui-ci va, oui ou non, finir par céder ?

« J'ai même pas de cadeau…

– Eh, oh ! t'as encore toute la journée pour en trouver un. Dis-moi oui, comme ça on peut raccrocher. »

Henk dit oui. Ils raccrochent. Il est facile d'imaginer les deux frères, de part et d'autre de la ligne, demeurant immobiles pendant quelques secondes, en silence, chacun dans ses pensées, accaparé par ce qui vient de se passer, cherchant à saisir la teneur des paroles qui ont été échangées, puisque, comme à chaque fois entre eux, un abîme s'est ouvert, un gouffre d'incompréhension et d'étrangeté, alimenté par des réflexes dont ils ont oublié les origines, à supposer qu'ils les aient connues, alimenté par une méfiance qui s'est développée avec les années avant de se calcifier en quelque chose qui n'est plus susceptible d'évoluer. Ou *pratiquement plus*. Car il est tout aussi concevable que, dans ces quelques secondes d'immobilité silencieuse, ce soit non l'irritation ni l'aversion, pas même la haine qui prenne le dessus, mais un vague sentiment de tristesse, de regret, de remords peut-être. Pourquoi ont-ils laissé les choses en arriver là ? Était-ce inévitable ? En tout cas, c'est là ce qui affleure à l'esprit de Henk, cette tristesse, ce regret, un soupçon de culpabilité, si bien qu'il reste sans bouger plusieurs minutes, perdu dans ses pensées, puis, lentement, prudemment, il se met en mouvement, à l'instar d'une personne en rééducation qui effectue ses premiers pas.

À peine neuf heures passées, et la petite ville est déjà étourdie de soleil. La lumière brille et scintille. Pas un chat. Il se peut très bien, songe Henk, qu'une catastrophe majeure vienne de se produire ; ses répercussions ne se font pas encore sentir ici, mais cela pourrait survenir à tout moment : à tout moment, disons, l'onde de choc d'une explosion atomique pourrait anéantir la ville. Les habitations vont s'évaporer. Henk va s'évaporer. Canaille, endormi dans son panier, va s'évaporer. En traversant la rue pour gagner le côté ombragé, il se demande quelle sera, pour finir, l'ampleur de cette catastrophe. Elle se manifestera crescendo. Il y a une forte probabilité qu'on n'y survive pas et que la civilisation disparaisse. Une grande partie des plantes et des animaux disparaîtront, mais pas tous ; çà et là, dans des coins, des recoins, des fissures, de la vie indicible va se maintenir, indestructible en raison de la robustesse procurée par des milliards d'années de sélection naturelle. La Terre va continuer de tourner et de tourner sur elle-même. Elle a tellement de temps devant elle que ce n'est pas une catastrophe de plus ou de moins qui va l'effrayer : elle se rétablira, non à l'identique, mais en revêtant une nouvelle forme. À partir de ce qui reste de vie, des espèces vont évoluer, *most beautiful and most wonderful* – avec un peu de chance, de l'imagination aussi et, de la sorte, des arts, de la science ainsi que les documentaires de National Geographic pour lesquels Henk a un faible. Quand on fait preuve d'une patience dans laquelle les millénaires comptent pour des secondes, tout n'est-il pas possible ? Tout coule, se dit Henk en pénétrant dans la fraîcheur de la fromagerie, et tout est dans tout. Il n'y a donc pas lieu de s'inquiéter dans l'immédiat.

Il y a plus de monde dans le magasin que dans la rue. Trois femmes se tiennent devant le comptoir. Comme toujours s'expose là une pléthore de délices. Vision qui requinque Henk. Cette voluptueuse abondance est le gage d'un plaisir extatique pratiquement infini, mais aussi, pour lui, d'une sensation de sécurité. Toute cette richesse, toute cette prospérité. Il pousse un profond soupir tandis que ses yeux se promènent sur les fromages.

« Vous désirez ? »

Le fromager a un visage rond au teint laiteux idoine, qui affiche une expression non moins appropriée de satiété et d'inaltérable bonne humeur. Alors qu'il pose la question, son menton se lève une seconde, un mouvement subtil, en rien une exhortation – tout au plus celle d'un léger stimulus. Henk n'a pas besoin d'être stimulé. Il commande un morceau de leerdam jeune. Puis du parmesan, une pointe de rochebaron ainsi qu'un morceau de cantal. Ce dernier n'était pas prévu, mais la commande s'ajoute aux autres sans que Henk soit consulté.

« Autre chose ? »

Il demande un petit pot de fromage à pâte fondue.

« Pas trop », ajoute-t-il, sidéré.

Mais le fromager ne semble pas l'entendre. L'homme brandit une barquette remplie à ras bord.

« Ça ira comme ça ? »

Henk opine du chef. Il a honte. De tels achats impulsifs trahissent son manque de discipline. Ils dénoncent ce qu'il est en réalité : un gros glouton. Freek a raison. Il a pris du poids ces dernières années, pas beaucoup, peut-être une livre par an, assez toutefois pour avoir un visage un peu bouffi, une brioche respectable et des seins charnus qui bougent en même temps que lui quand il monte ou descend des escaliers avec une certaine vélocité, et que Freek, pour le taquiner, appelle des *roberts*. Pour Henk, l'embonpoint n'est pas une affaire de santé ni d'esthétique (bien qu'avec les années il ait commencé à éviter le miroir : l'orgueil ne lui est pas étranger), mais une affaire morale. Il s'agit d'une faiblesse de caractère ; d'un manque d'aplomb ; d'une scandaleuse trahison de ce qu'il souhaite être, de celui qu'il souhaite être. Voilà pourquoi il ressent de la honte plutôt que de la gêne ou de l'inquiétude. Ce qui n'est pas sans conséquence, là dans la fromagerie, où il vient d'accepter cette barquette bien trop pleine, sur son comportement.

Il baisse les yeux. Après avoir payé, il s'empare de son sachet sur le comptoir et se retourne, pressé, désireux de quitter au plus vite la scène de son humiliation. Loupé : il se heurte à un homme qui est entré après lui. Henk marmonne une excuse et s'apprête à avancer quand il reconnaît juste à temps son voisin du dessous. Il se fige, tenu en laisse sans ménagement par une politesse réflexe. Comme à l'accoutumée, le type affiche une mine grincheuse sur un visage banal et grêlé, grisâtre malgré les vaisseaux violacés qui lui lézardent les joues. Impassible, le type pose ses yeux bleu fané sur Henk, tel un reptile qui, sur une roche, attend sa proie. Henk recule d'un demi-pas. Il faut qu'il dise quelque chose. Il dit quelque chose :

« Voisin… »

Il a oublié son nom ! Le qualificatif *voisin*, c'est un saut dans le vide. Tandis que l'homme le fixe toujours (à tout moment, la gueule peut s'ouvrir et une langue visqueuse jaillir en se déroulant), Henk, pris de panique, explore sa mémoire. Un patronyme en G. Van Gerwen ? Gerbrandy ? Groeneveld ? Le prénom, il n'en a aucune idée. Quand, peu après son emménagement, il a sonné au rez-de-chaussée pour se présenter, le voisin a uniquement mentionné son nom de famille. Une sonorité nette, étincelante. Deux syllabes. Grafdijk, Graafsma, Gerrits ? L'homme l'avait alors considéré avec le même air impassible. Par la porte d'entrée s'étaient échappés des relents de repas moroses, une odeur de croûtes de poussière, de meubles n'ayant pas été déplacés depuis des décennies, d'animaux domestiques morts, d'habitudes inébranlables, d'une existence à bout de sève. C'était au beau milieu de la journée, mais les lieux paraissaient plongés dans le noir. Quelque part dans cette obscurité, il y avait, semble-t-il, une femme, puisque Henk avait entendu une voix féminine, monotone, comme dans une complainte. *Où sont passés les enfants, où sont-ils donc partis ?* Elle ne s'était pas montrée. Il ignore encore à ce jour à quoi elle ressemble, mais sait qu'elle a un cancer. Son mari le lui a dit, pas en cette occasion, mais en une autre. *Selon le docteur, il y a des métastases partout.* Elle est toujours en vie, mais Henk n'a plus entendu sa complainte, bien que l'isolation acoustique soit loin d'être optimale et qu'il perçoive régulièrement, depuis son salon, le son de leur télévision.

« Voisin… Envie d'un bout de fromage ?

– Non, d'œufs. Pour le gâteau.

– Ah, fait Henk d'une voix enjouée, c'est pour un anniversaire ?

– On fait un gâteau chaque week-end. »

Henk opine du chef, sourit. Il accentue son expression de bienveillance.

« Ça donne l'eau à la bouche. J'adore les gâteaux. »

Une ombre de confusion s'abat sur le visage du voisin. Henk comprend la méprise : l'homme se demande si Henk essaie de se faire inviter. Ce qui n'est aucunement le cas.

« Dites, voisin… »

Ça y est : Goudzwaard ! Fred Goudzwaard. L'homme s'était présenté en donnant et son prénom et son nom. Pour le reste, tout s'était passé à peu près comme dans le souvenir de Henk : la grincheuse tête reptilienne, l'odeur déprimante que le courant d'air amenait jusqu'à ses narines, la voix plaintive de la femme invisible. De temps en temps, il le croise, le voisin, le plus souvent sur le trottoir, devant leur petit immeuble. Ils se saluent d'un hochement de la tête. En de rares occasions, ils entament une conversation. Au cours de l'une d'elles, Henk a mentionné qu'il était infirmier en soins intensifs. Le bonhomme a paru intéressé. Ma femme, a-t-il dit, est malade. Elle a déjà été hospitalisée trois fois en soins intensifs. C'est un miracle qu'elle soit encore en vie. Henk lui a demandé ce qu'elle avait. L'homme avait haussé les sourcils, perplexe, comme si Henk aurait dû être au courant. Le cancer, a-t-il répondu. Selon le docteur, il y a des métastases partout. Si Henk a l'habitude de mener des conversations éprouvantes, elles n'en demeurent pas moins éprouvantes lorsque la mort souffle son haleine sur elles. Il a appris à attendre. Dans l'interstice qu'il avait ainsi ménagé, l'homme s'était mis à parler : de l'infirmière à domicile, du chat, d'une fille qui vit en Afrique du Sud (« mariée à un de ces Noirs »), de sa naissance à Amsterdam, des rues de la capitale où il a grandi et dont il lui arrive de rêver, dans le quartier Admiralenbuurt, il y avait toujours des enfants dehors, on jouait au foot avec une vessie de porc que nous offrait le boucher, mais son magasin n'existe plus. Goudzwaard s'était arrêté de parler. Ses yeux ternes s'étaient remplis de larmes qu'il avait essuyées du revers de la main. Puis il avait indiqué du doigt la direction de l'hôtel de ville. Demain, il y a le marché, avait-il dit. Puis, sans ajouter un mot, il avait laissé Henk seul sur le trottoir.

« Monsieur Goudzwaard, je suis un peu pressé, alors… profitez bien du gâteau, hein ? »

Henk lui adresse un signe du menton, sourit et pose même une seconde sa main libre sur l'avant-bras de l'homme, mais il n'attend pas sa réaction et se dirige à grandes enjambées vers la porte ; comme quelqu'un entre, par politesse, il fait un pas en arrière, c'est une jeune femme qui pousse un landau dont les roues ont du mal à franchir le seuil, il le soulève, la femme le remercie, trop jeune en réalité pour être la maman, sûrement une jeune fille au pair, le passage est enfin libre et Henk sort. Il s'est évadé, sans toutefois pouvoir réprimer le réflexe qui le pousse à prendre la fuite : il se précipite aveuglément vers la gauche, dans la mauvaise direction, fait demi-tour dès qu'il s'aperçoit de son erreur, se rend compte qu'il ne tient pas à repasser devant la fromagerie où il risque de retomber sur son voisin, traverse la rue et s'engage dans la première ruelle venue qui le ramène, après un détour, sur le chemin qu'il souhaitait prendre : celui qui conduit à la librairie.

Ce détour est une bénédiction. Il accorde à Henk quelques minutes pour se recentrer sur lui-même dans des rues quasi désertes – où les répercussions de la catastrophe atomique ne sont toujours pas visibles, mais se laissent aisément deviner : regardez cette lumière crue et ces ombres accentuées, cette barquette en plastique déchiquetée, dans le caniveau, qui contient des vestiges de ketchup, les drapeaux du magasin Blokker. L'activité de son cerveau se concentre dans le cortex préfrontal. Les neurones tirent sur les brides. Henk reçoit des consignes qu'il exécute docilement : ralentis ta foulée, privilégie la respiration abdominale, détends tes épaules.

Lorsqu'il entre dans la librairie, Henk est plus ou moins redevenu lui-même. L'endroit consolide son rétablissement – ce paradis où règnent sérénité et ordre, une odeur de livres neufs, un parfum de savoir et de progrès, de civilisation, lieu où il se rend presque chaque semaine pour enrichir sa bibliothèque, même si là n'est pas, cette fois, la raison de sa visite. Il est venu acheter un cadeau pour Rosa. Il a bien une idée, mais hésite. Il songe à *Kees de jongen**, à cause de Rosa Overbeek, la fille dont Kees est amoureux. Henk a lu ce roman à peu près à l'âge qu'a Rosa aujourd'hui – la Rosa de Freek –, une histoire qui l'avait vraiment touché. Il en avait saisi et ressenti chaque mot. À la dernière page, Rosa embrasse Kees. Puis elle déguerpit, effrayée par son audace ; Kees, lui, comprend que ce baiser change tout. Il rentre chez ses parents en longeant le canal, silencieux, seul, d'abord anesthésié, puis la poitrine débordant bientôt de joie. Les passants n'ont aucune idée de celui qui marche parmi eux, constate-t-il, ils croient qu'il est un garçon ordinaire comme il y en a treize à la douzaine, alors que… alors que… Ça oui, un roman magnifique, c'est indiscutable, un classique des Pays-Bas.

* Classique des lettres néerlandaises, écrit par Theo Thijssen (1879-1943). L'histoire se déroule dans un quartier populaire d'Amsterdam ; elle met en scène le jeune Kees, un garçon au seuil de l'adolescence. (NdT)

D'un autre côté : pourquoi un livre de 1923, qu'il a dû lire en 1979, ferait-il impression sur une fille que, tout bien considéré, il connaît à peine ? Attends voir, ça, c'est pas vrai. Avec Rosa, il entretient un véritable lien. Après son divorce, elle a semblé vouloir s'occuper de lui. Il ignorait pourquoi. Est-ce que les filles de quatorze ans font ça ? Ou sa nièce appartient-elle à cette catégorie de femmes qui aiment entourer d'affection les hommes vulnérables et délaissés ? Quoi qu'il en soit, elle l'a aidé à Weesp quand il rénovait son nouveau logement. Ce faisant, ils ont eu des conversations dont certaines ont pris une tournure surprenante. Un jour, elle lui a demandé :

« Tu avais quel âge quand tu as fait l'amour pour la première fois ? »

Il n'en revenait pas. Il appartient à une génération pour laquelle parler de sexe ne va pas forcément de soi, même si l'amour libre est l'étendard des années qui l'ont vu grandir.

« Bon sang ! Rosa, quelle question…

– T'es pas obligé de me répondre, hein. C'est juste que je suis curieuse. »

Si parler de sexe n'est pas simple pour lui, cela relève davantage de la maladresse que de la timidité. Il n'a jamais appris à s'exprimer sur le sujet. Son éducation sexuelle s'est limitée au strict minimum. Ses connaissances en la matière sont partielles, reposant en grande partie sur ses expériences, pas de quoi écrire de gros volumes. De plus, Rosa, en l'interrogeant sur son vécu, cherchait surtout à obtenir des informations sur sa sexualité à elle – un terrain encore moins familier pour un quinquagénaire sans progéniture et sous le coup d'un divorce. Mais bon, il se trouvait en présence d'une ado de quatorze ans qui avait besoin d'une réponse franche, aussi avait-il rassemblé son courage.

« J'avais dix-neuf ans, lui a-t-il confié. Je faisais un stage à l'hôpital Slotervaart, dans le service de neurologie, et j'ai couché avec une collègue. Dans le cagibi à balais. J'ai trouvé ça horrible. »

Oh, la honte ! Le cafard qu'inspirait ce local aux néons qui jetaient une lumière crue sur le plafond nu et le sol en béton coulé, sur les planches en contreplaqué blanc où s'alignaient les produits de nettoyage et sur le lit improvisé de lingettes roses et bleues, sur le robinet qui dégouttait et sur le seau à récurer plein d'une eau stagnante, sur… Qu'est-ce qui lui avait pris ? Pourquoi s'était-il laissé entraîner ? Parce que c'est ce qu'il faisait, à l'époque, se laisser entraîner. Il avait dix-neuf ans. Sa vie, il la subissait. Elle le dépassait, lui refilait parfois une tape. Viens, lui avait dit sa consœur en le prenant par la main. Ils étaient entrés dans le cagibi. Elle avait allumé les néons. Elle avait fermé la porte à clé. Elle avait déboutonné sa blouse. Oh, la honte… Les seins sous cette lumière impitoyable, les veines bleues, les poils pubiens aplatis par un slip ergonomique, la couleur terne du sous-vêtement…

Rosa lui a demandé pourquoi c'était horrible.

« Je ne savais pas au juste ce qu'elle attendait de moi, a-t-il expliqué, alors j'ai fait comme j'ai pu. J'avais peur de puer la transpiration, que quelqu'un nous entende, de lui faire mal…

Je n'en ai pas tiré une seule seconde de plaisir, et après, je me suis senti mal, sale, minable. »

Les mouvements de Rosa se sont ralentis jusqu'à s'interrompre. Elle a fixé le mur. Il n'avait aucune idée de ce à quoi elle pensait, mais il a vu l'expression de gravité sur son visage. Puis elle a trempé le pinceau dans le pot et s'est remise à peindre.

« J'ai déjà fait l'amour », lui a-t-elle dit alors.

C'était donc ça. Malgré le côté laconique de sa phrase, il comprenait qu'il s'agissait de ça, du fait monumental de cette Première fois qui avait pris possession de chaque cellule de son corps et fait vibrer chacun de ses nerfs, animé chacun de ses muscles et porté chacune de ses respirations. Ça oui ! il comprenait : si elle n'avait pu l'exprimer, elle aurait explosé. Ce qu'elle décrivait en cinq ou six mots, c'était *un rite de passage*, un acte irréversible qui transforme l'enfant en adulte. En adulte ! Elle avait quatorze ans ! Dès lors, ce sont les mouvements de Henk qui ont ralenti jusqu'à s'interrompre.

« Et c'était plutôt pas mal… »

À son tour, il a fixé le mur devant lui, non sans remarquer qu'elle lui jetait un rapide coup d'œil. Il lui fallait répondre. Lui faire savoir qu'il avait entendu et compris ce qu'elle venait de dire, mais les mots se dérobaient. Quatorze, songeait-il, quatorze.

« Faut pas que t'en parles à papa ! » s'est-elle tout à coup exclamée.

Bon sang, non ! Impensable qu'il rapporte quoi que ce soit à Freek. Depuis son divorce, les liens qu'il entretenait avec son frère touchaient de nouveau le fond. Son cadet se montrait sans pitié. Pourquoi tu te prends la tête pour quelques minutes d'adultère ? Tu crois qu'il y a encore un homme fidèle à 100 %, de nos jours ? Et t'as réfléchi, est-ce que t'as un tant soit peu *réfléchi* aux conséquences matérielles ?... Rosa n'avait pas à s'inquiéter. Il était impensable qu'il en parle à Freek. La plaine aride qui s'étendait entre lui et son frère ne présentait pas le moindre relief qui permettait d'abriter une telle intimité.

« Bien sûr que non, il a dit. Je m'appelle pas Tonton Toqué. »

Rosa a gloussé.

« Tu sais que mon petit copain m'appelle Rosa Bizarre ?

– Parce que t'as couché avec lui ?

– Non, c'était avant. Il me trouve un peu farfelue et farouche. Faut dire que je suis parfois spéciale... »

Il y avait de la coquetterie dans la façon dont elle se décrivait, dans l'indépendance, la personnalité qu'elle suggérait, une vraie fille farouche, mais Henk le lui pardonnait. Elle était déflorée, peut-être la première parmi ses copines. Elle flottait, la tête lui tournait. Il se tenait auprès d'une fille qui devait désormais se faire passer pour une femme.

« Rosa Bizarre et Tonton Toqué. »

Elle a éclaté de rire. Lui a souri. Puis, reprenant son sérieux, elle a insisté :

« Je rigole pas, hein ? Pas un mot à papa, autrement ça va le rendre fou. »

Henk n'a jamais rien dit à son frère, et le lien qui l'unissait à Rosa s'est transformé en amitié, non, pas en amitié, la différence d'âge ne le permet pas encore, mais en quelque chose de solide. Il y a de l'affection, il y a de la confiance. De temps à autre, elle lui téléphone. À l'occasion, elle lui rend visite. Ils parlent, font une promenade et déjeunent ou dînent ensemble. Depuis peu, pendant les repas, elle boit elle aussi un verre de vin : une autre chose que Freek ignore.

Mais bon, la question, c'est de savoir s'il va ou non lui acheter le roman *Kees de jongen*. Il repousse la décision en prenant d'autres livres sur le rayonnage, en les feuilletant, en les replaçant, en faisant le tour des tables ensevelies sous les publications récentes, avant de finalement s'affaler dans l'un des fauteuils en cuir placés au fond de la librairie. Il n'y a pas un bruit. Derrière la caisse, le propriétaire est en train de lire. Près des albums pour enfants se tient une femme qui porte une robe au motif de sarments de vigne. Jolie. Dehors, une mobylette passe. Alors, enfoncé dans le fauteuil et, peut-être à cause de cette position, s'enfouissant en lui-même, il se revoit assis à l'arrière du Solex piloté par son père. Les images surgissent, incroyablement nettes. Il a huit ou neuf ans. Ils sillonnent un paysage hivernal glacial. La nuit tombe. Le dos de son père le protège du froid. Du blouson gris-brun émane une odeur de placard humide. À gauche et à droite, il voit les flashes que projettent les larges fossés gelés ainsi que les croisements déserts où se détache un seul lampadaire. Quand ils arrivent enfin à la maison, il est perclus au point qu'il a du mal à descendre. Alors qu'il emprunte le sentier du jardin pour gagner la porte de derrière, il éprouve une sensation bizarre dans les jambes ; il a l'impression que ce n'est pas lui mais quelqu'un d'autre qui les actionne, Dieu peut-être, ou une personne bienveillante qui essaie de l'aider.

Un souvenir en appelle d'autres, ainsi vont aussi les choses, et Henk s'installe dans ses pensées, emporté par ce que sa mémoire déballe avec une extrême diligence. Par intervalle, la chose la plus banale le ramène à un souvenir. Le souvenir met en branle une navette de métier à tisser qui va et vient sur sa ligne de vie, de plus en plus vite, zou zou, tissant en une poignée de secondes toute une série de souvenirs ; bientôt, un fragment de son vécu se dresse devant lui comme une tapisserie représentant un grand désordre : la virée en Solex, donc, mais aussi une sortie à bicyclette, bien plus tard et sous un ciel d'été, le long du Wahal (« Je suis allé à Bommel pour voir le pont », déclamait sa mère en lâchant le guidon, les mains en l'air comme un chef dirigeant non un orchestre, mais un poème, « J'ai vu le nouveau pont… »*) ; puis, plus tard encore, son frère aîné affalé sur un canapé usé dans le service fermé

* Début d'un célèbre poème de Martinus Nijhoff (1894-1953), « *De moeder de vrouw* » (La mère la femme) qui fait allusion à un pont nouvellement édifié (en 1933) sur le fleuve Wahal, qui attirait beaucoup de curieux. À la fin du XXe siècle, un nouveau pont s'est substitué à celui chanté par Nijhoff. Depuis, l'édifice porte le nom du poète. (NdT)

d'un hôpital psychiatrique, groggy sous l'effet des médicaments ; puis le rebord de fenêtre en pierre naturelle grise du bureau de son père, où trônait une photo d'Ernest Hemingway ; enfin, au milieu du petit jardin de l'avenue Pluimessen, la bassine en zinc remplie d'eau, dans laquelle lui et ses frères se rafraîchissaient les jours de grande chaleur, ainsi que les glaces que leur mère préparait ces jours-là dans des moules Tupperware, dont ils aspiraient en un rien de temps et la couleur et le goût, si bien qu'il ne restait bientôt que des paillettes transparentes, incolores et insipides, mais dont les garçons se régalaient. De la sorte, le métier à tisser fait une fois de plus entrer dans le crâne de Henk la conviction que le temps file à toute vitesse et obstinément dans la même direction. La lumière se propage en ligne droite, a-t-il appris autrefois en cours de physique. La même chose vaut pour le temps, aussi n'est-il pas surpris que les deux soient entrelacés dans l'année-lumière – une mesure qui prouve on ne peut plus clairement que certaines distances ne peuvent plus être franchies.

Une sensation familière vient stopper la rafale de souvenirs : celle d'être sur le point de se disperser comme du sable. Une sensation intense, presque hallucinatoire, en ceci qu'il sent véritablement *quelque chose* qui se disperse comme du sable. Une sensation désagréable, c'est pourquoi il la repousse, au sens propre, ses épaules s'ébrouant d'impatience. Ce geste produit un effet immédiat. Son irrésolution se transforme en volonté. Il se concentre. Il rassemble ses forces. Il s'extirpe du fauteuil. Il se dirige vers le rayonnage et voilà sa main qui se lève…

Quelques semaines plus tard, il se remémorera l'épisode et s'en étonnera en s'interrogeant sur ce qui s'est réellement passé. D'où provenait cette sensation de désagrégation ? Était-ce lié à l'impression qu'on ne peut plus franchir certaines distances ? Qu'une vie qui allait naguère de soi n'est plus accessible ? Non, se dira Henk, cela, on peut le supporter, parce qu'il s'agit d'une sensation courante, banale, proche de ce qu'est le diabète pour un diabétique. Il trouvera une autre explication : la sensation découlait du caractère désordonné des rafales. Ses réminiscences ne formaient pas une histoire logique, pas un élégant gobelin mais un patchwork aux morceaux cousus à la va-vite par une mémoire qui se fiche pas mal de la chronologie, de toute cohérence et de toute idée d'ordre. Cette nonchalance l'avait ramené au manque de consistance qui le ronge régulièrement. Il y a bien peu de choses, se rend compte Henk, qui maintiennent l'unité de Henk. Voyez plutôt : Henk est un corps qui se renouvelle de jour en jour mais qui, malgré tout, vieillit ; Henk est constitué d'un cerveau disposé de telle façon qu'un lobe n'a pas la moindre idée de l'existence de l'autre, et encore moins de ce qui se passe dans celui-ci ; les humeurs de Henk le submergent comme une imprévisible marée ; et, ensemble, les souvenirs de Henk se résument à quantité négligeable. La sensation de se disperser comme du sable n'était donc pas fortuite. Elle reflétait précisément son malaise, le doute que peut lui inspirer le cœur de son être, ce qu'il appelle avec paresse moi, *moi*, Henk, ainsi que la conscience que son savoir relatif à ce moi et à ce Henk n'est que leurre, un marécage dans lequel il pourrait disparaître – se poserait alors la question de savoir qui ou quoi disparaîtrait.

Ce n'était pas non plus une coïncidence, se rendra compte Henk, si cette sensation l'avait envahi dans une librairie. Longtemps, il a supposé que son manque de solidité provenait de son appétit de lectures. En lisant, raisonnait-il, il pénétrait dans le monde des pensées et des émotions d'autres personnes. Cela nourrissait son empathie mais diluait sa personnalité, un peu comme au sein d'un groupe. À chaque livre, il perdait un peu de lui-même. Sur l'autel de sa soif de lecture, il sacrifiait son Henkiosyncrasie à Hamlecture, à Raskolnikautre et à Bardamitude. Chaque mot absorbé se muait en cicatrice, laquelle trahissait l'endroit où il avait entaillé sa propre chair. Malgré cela, il n'aurait pu abandonner la lecture. Enfant, il passait un nombre incalculable d'heures exquises *à vivre dans un livre*, ainsi que ses parents le lui avaient fait remarquer par la suite. Il lisait, lisait encore et toujours. Il lisait les *Biggles* et les *Bob Evers*, les *Malory School* et la série des *Betty*. Il lisait *Donald Duck*. Il lisait la Bible et les psaumes dans son *Recueil de psaumes*. Il lisait l'*Encyclopédie de la jeunesse*, cadeau de l'une de ses grand-mères. Lisant, il s'était familiarisé avec le miracle de l'imagination : la capacité à entrer dans des mondes inconnus, à sortir, tel un cours d'eau hollandais par un printemps pluvieux, de son lit pour se déverser sur de nouvelles terres. Une fois envoûté par la lecture, par son propre imaginaire, aucune puissance sur Terre n'aurait pu le tenir éloigné d'un livre. Et même lorsque, aux prémices de l'âge adulte, il avait commencé à redouter l'effet d'érosion sur sa personnalité et que le lecteur en lui fût la proie d'élans contradictoires, d'un inconfortable mélange d'amour et d'aversion pour les livres, de désir et d'angoisse, d'intimité et de dépaysement – dans le fond comme dans un mariage –, il n'avait pu s'empêcher de prendre un livre et de lire.

Par conséquent, sa vie de lecteur pouvait donner lieu à la scène suivante. Il venait de terminer un livre. Il se tenait devant sa bibliothèque pour en choisir un autre. Ses yeux passaient en revue les dos. Il ressentait un bien-être pour beaucoup comparable à celui qu'il éprouve dans la fromagerie à la vue de tous les délices qu'elle abrite. L'abondance ! Le réconfort que procure une telle opulence ! Tout en parcourant les rayonnages, il opérait mentalement un tri : déjà lu, pas encore lu mais pas envie, trop épais, trop court, pour une fois pas un bouquin anglais, après tout pourquoi ne pas réessayer Nabokov, finalement non, et ainsi de suite. Mais soudain, un rictus de colère passait sur son visage, ses poings se serraient et voici qu'il se tenait comme un boxeur devant ses livres. Aïe ! se serait-il dit s'il s'était donné la peine de réfléchir, quelle sale habitude, ces bouquins, quelle perte de temps, cette vie factice ! Oui, factice : calé dans un fauteuil à s'approprier les expériences de personnages inventés. Quelle indigence ! Quelle fuite devant la réalité ! Et quelle dévastation de sa personnalité ! Quiconque l'eût alors pris sur le fait n'en serait pas revenu tant le changement d'humeur était brutal, impétueux, en même temps que bref, car pareil accès de colère et de dégoût ne durait jamais. Son désir l'emportait. Bientôt son regard s'arrêtait sur un livre qu'il désirait lire, qu'il brûlait de lire, oui, qu'il avait depuis longtemps l'intention de lire, l'occasion ne s'était pas encore présentée, mais là, c'était la bonne.

De telles scènes ne se produisent plus. Au fil des ans, Henk a fini par prendre conscience que le manque de solidité ne lui appartient pas en propre, c'est un trait que l'on retrouve chez les autres. Ce qui vaut pour lui vaut pour tout le monde, et cela n'a rien à voir avec la lecture. Nous sommes tous des ombres, de la poudre revêtue d'histoires, et cela nous rend plus fluides qu'on ne le souhaiterait, mais ce qu'on souhaite importe peu à vrai dire. Grâce à ce constat, le malaise de Henk s'est en grande partie dissipé, la sensation de se désintégrer se manifeste de moins en moins, même si elle le submerge encore fortuitement, par exemple dans la librairie.

Ainsi, se repassant la scène en question, Henk apprend à mieux se connaître. Le bruit de la mobylette, la rafale de souvenirs, la sensation de se désintégrer… Il a vu le malaise prendre possession de lui, mais aussi, plus important, il s'est vu en train de s'en débarrasser d'un haussement d'épaules. Il a également vu l'endroit où, juste après, il a pris appui : une étagère. Il s'est levé, s'est dirigé vers l'un des rayonnages ; là, sa main s'est levée, sans la moindre hésitation, car il savait, maintenant, quel livre il voulait offrir à Rosa.

Celui-ci.

Alors qu'il rentre chez lui, Henk se dit qu'il ne peut arriver les mains vides chez Freek et sa femme, sa belle-sœur Julia. Il retourne sur ses pas et gagne le magasin de vins et spiritueux. Il choisit une bouteille, un médoc d'un rouge profond pour lequel il débourse plus de trente euros. Un montant astronomique, mais Freek est un amateur, Henk n'a pas envie de se prendre une bâche. Il est en train de sortir son portefeuille quand une étagère de sherry attire son attention ; ce détail le ramène à Maaike, une ancienne collègue, une amie avant tout, qui vit dans la maison de repos de la localité. Il lui rend régulièrement visite, lui apportant à chaque fois une bouteille qu'elle ouvre en principe aussitôt. Il hésite (il ne veut pas laisser Canaille seul trop longtemps, sans compter le fromage qui subit la chaleur), finit par en acheter une et prend la direction de l'établissement médical situé en périphérie du centre-ville. Faisant fi de la canicule, il adopte un pas fringant. Par moments, les sacs plastique viennent heurter sa cuisse, mais c'est à peine s'il le sent. Ses pensées sont tournées vers Maaike. *Maaike* n'est peut-être pas la dénomination appropriée. Ce qu'il reste de Maaike serait plus adéquat. La femme petite mais vigoureuse d'antan s'est consumée jusqu'à n'être plus qu'une sorte d'oiseau maigrichon dépourvue de toute coordination motrice, chacun de ses membres effectuant des mouvements indépendamment des autres. En même temps que son corps, son esprit s'est lui aussi émoussé, mikado de souvenirs endommagés, bribes d'acquis et d'aptitudes à moitié oubliées. Non qu'elle en souffre. Dès huit heures du matin, elle se balade en poussant son déambulateur, fait un brin de causette à tout bout de champ, glousse, éclate de rire puis, vers dix heures, s'installe à la cafétaria où elle prend d'abord un café auquel succède un premier sherry. Il n'en va pas autrement aujourd'hui, et c'est à cette étape de sa journée que Henk arrive.

« Henk! Mon chéri! »

Elle le reconnaît. Ce n'est pas toujours le cas. Parfois, elle n'a aucune idée de qui il est. Ça ne fait rien. Ce qu'elle a oublié, elle l'invente. Henk a, tour à tour, été son fils, un ancien voisin et même son mari décédé, à l'évidence sans que la contradiction entre un macchabée et un Henk en pleine forme ne la perturbe. Parfois, elle lui invente tout bonnement une existence et une profession, médecin, pianiste célèbre ou encore celle d'un certain Jansen, voyageur de commerce en fournitures de bureau, à qui elle a commandé des crayons, des gommes et des cahiers d'écolier. Saviez-vous, explique-t-elle alors à Jansen, que j'avais une très belle écriture? Et Henk, se coulant dans son rôle, de hocher la tête en guise d'approbation: naguère, Maaike traçait en effet les mots avec une rare élégance.

« Bonjour, ma belle… »

Il l'embrasse sur le front. Sous la pression de ses lèvres, la tête d'oisillon recule. Maaike porte une perruque de boucles blond platine, en équilibre précaire sur le haut de sa tête, en soit un véritable nid. Elle a pris place à sa table habituelle, près de l'entrée, où rien de ce qui se passe ne lui échappe. Henk s'assied et lui prend la main.

« Comment ça va ?

– Bien, répond Maaike, enjouée. Mais oui. Bien, bien, bien. Que des bonnes choses en fait. Ah si ! Tu sais ce qui m'est arrivé ce matin ? Non, bien sûr, tu peux pas le savoir. Toujours est-il que je venais de sortir de… »

Elle parle. S'interrompt pour siroter son sherry. Leur conversation – si tant est que ça en soit bien une : Maaike tient le crachoir – part dans tous les sens. Le petit bout de femme se laisse entraîner par les flux et reflux de son cerveau endommagé. De temps à autre, elle improvise avec habileté. Elle commande un verre de sherry, oublie la seconde d'après qu'elle vient de le faire, se montre surprise lorsqu'on le lui apporte, mais concocte séance tenante une explication : ce bonhomme, je lui plais, murmure-t-elle à l'oreille de Henk, c'est pas la première fois qu'il m'offre un verre. Elle porte un toast en direction du barman – un bénévole, suppose Henk, un homme d'environ soixante-dix ans au visage bronzé et aux cheveux blancs comme neige –, lequel lui répond poliment d'un signe de la tête.

« Au fait, dit Henk, je t'ai apporté ça. »

Il pose la bouteille de sherry sur la table. Maaike ignore ce qu'il vient de dire tout comme l'alcool. Elle place l'une de ses serres décharnées sur l'avant-bras de Henk et se penche vers lui :

« Ces derniers temps, je suis sacrément chaude, chuchote-t-elle.

– Ah ? dit Henk. Comment ça se fait ?

– Aucune idée. Y a pas beaucoup de mecs sexy ici. La plupart sont d'ailleurs fous à lier. Complètement gagas ! »

Elle passe une main sur son front. La perruque suit le mouvement, chancelle.

« Je pense que ça vient de l'intérieur. De moi-même. Je m'allume ! Je suis tout feu tout flamme ! »

Elle regarde Henk dans les yeux et se tapote de l'index le bout du nez. Henk sourit. Ces dernières années, Maaike a peu à peu disparu – sa voix paisible, sa démarche, sa façon de tenir une tasse, de regarder, de réfléchir, de glousser et de rire... ; en revanche, ce geste est toujours là : l'index qui vient caresser le bout de son nez. Un geste entre intimes : tu sais très bien ce que je veux dire...

« Mais qu'est-ce qu'on peut y faire ? poursuit-elle. Ouais, bien sûr, eh bien, je peux... enfin tu comprends... quoi... Lâcher la vapeur ! Pour ça, je me lâche ! Je lâche la vapeur bien trois ou quatre fois par jour ! Je lâche... »

Sa phrase est écourtée parce qu'elle vient de découvrir la bouteille de sherry. Elle écarquille les yeux. Puis observe autour d'elle, s'arrête sur le bar où le bénévole est en train de passer un torchon sur le comptoir. Elle sourit, porte de nouveau un toast et s'écrie :

« Merci bien, mon trésor. Santé ! »

L'homme lève les yeux, hoche la tête et continue son ménage. Maaike ouvre la bouteille, se sert et avale une gorgée.

Elle entreprend de parler d'un événement survenu plus tôt dans la matinée, mais la marée l'entraîne en pleine mer. Henk ne parvient plus à la suivre. Elle ne formule plus que des phrases qui se désagrègent.

« Oh ! c'était terrible... Dire qu'une telle chose est possible... Alors que je ne faisais que passer... Ouais, tout simplement passer !... Et les plantes, ça alors... Enfin, ça m'a quand même fait rire... Et tout à coup, il avait disparu... Ce type ! Ce bonhomme ! Mais je te l'ai déjà dit, hein ? »

Ça continue comme ça pendant un moment. Henk sent la tristesse l'envahir à la manière du froid qui envahit le corps : le prix à payer pour son initiative. Il sourit, acquiesce et garde la main de Maaike serrée dans la sienne, mais tout ça, c'est du cinéma : réfugié dans sa robuste corpulence, assise là, en face de Maaike, il chiale, affalé sur son canapé.

« Comme au bon vieux temps, mon petit Henk, tu te souviens ? Oh, terrible, ça oui, mais qu'est-ce qu'on a pu rire, hein, tous les deux, ouais... À la va-comme-je-te-pousse. On remettait ça de plus belle. Oh ! mon vieux ! Et les plantes qui dansaient avec nous... Toutes. Les violettes ! Le géranium ! Les flûtes à froufrous ! Oui, toutes ! »

Elle tremble de rire. De l'écume s'accumule aux coins de sa bouche. Henk lui caresse la main, cette serre décharnée tellement sèche que ça lui rappelle le contact du bois mort. Il voudrait l'attirer vers lui, la serrer dans ses bras, contre sa poitrine, contre ses roberts, en l'éloignant du précipice qui bâille devant elle, du fatras et de la folie, des impulsions et divagations qui la tiennent sous leur coupe et qui semblent la harceler avec une cruauté aussi condensée et insouciante que celle de gars bourrés qui s'en prennent à un chien errant.

« Y a des moments, je mouille comme une folle, mais faut pas le dire, hein, surtout pas à Zacharias... Oh ! tonton Zacharias. Bouffon, trouffion, carafon ! »

Elle a dix-huit ans de plus que Henk. Il y a trois ans, elle était encore la femme alerte et énergique qu'il avait connue au sein du service des soins intensifs, l'infirmière en chef, certes plus âgée, mais habitée de la même vitalité que lui. Une fois qu'elle eut pris sa retraite, Henk lui avait régulièrement rendu visite à son domicile de Muiden. Écoute ça, lui avait-elle avoué à l'une de ces occasions, j'ai la maladie d'Alzheimer. Voilà un an que Maaike a été admise dans la maison de soins de Weesp. Veuve avec un unique enfant vivant aux États-Unis, c'est Henk qui gère ses affaires. Autrefois, à l'hôpital, les rôles étaient inversés : elle l'avait pris sous son aile. Ça s'était imposé. Henk, avait-elle relevé, était un géant aux pieds d'argile. Excellent infirmier, il avait le défaut de trop prendre à cœur le sort de chaque patient. Les laissait lui raconter leur histoire, leur dispensait des conseils lorsqu'ils semblaient en avoir besoin. Maaike l'avait rappelé à l'ordre. Lui avait expliqué que rien ne vaut, au regard du patient, une approche professionnelle. Invoquant qu'il s'agissait là d'une valeur ajoutée. Ta valeur ajoutée ne réside pas dans le fait de chanter un psaume ou de tenir la main du malade, mais de soigner. Sois donc un infirmier. Après avoir prêté l'oreille et acquiescé, Henk n'avait pas moins suivi sa propre ligne. Qui échappe à soi-même ? Pas Henk van Doorn. Ainsi avait-il lu à un écrivain aveugle des poèmes de Borges. Chanté des psaumes avec un pasteur que Parkinson ou l'angoisse, à moins que ce ne fussent les deux, faisaient trembler. Confectionné au crochet une brassière sur les instructions d'une moribonde qui allait devenir arrière-grand-mère. Maaike voyait tout cela, elle secouait la tête de droite à gauche, mais le laissait faire. Elle avait exposé son point de vue, estimait-elle, et ça lui suffisait.

« Chiffon, girafon, ainsifonfon… »

Alors qu'elle vient de finir un troisième verre de sherry, Henk lui propose de faire une promenade. Il suit Maaike qui pousse non sans mal son déambulateur dans les couloirs de l'oppressant bâtiment. Çà et là, elle entame une conversation ou ce qui passe pour telle. Finalement, ils arrivent dans sa chambre. Elle se tourne vers lui et commence à lui déboutonner le pantalon.

« Oh ! tellement chaude, hein… Chaude, chaude, chaude, mon petit Henk chéri… »

Henk la laisse d'abord faire, puis il prend ses mains dans les siennes et les maintient contre son ventre. Elle lève sur lui des yeux interrogateurs.

« Maaike, ma belle… »

Elle entend sa voix et saisit ce qu'il essaie de dire. Les yeux noirs se gonflent de larmes. Malgré tout, elle continue de le fixer et lui continue de lui tenir les mains ; ils restent ainsi un moment, eux deux, eux et toute leur histoire commune, dont elle ne se souvient plus, mais lui d'autant mieux. Pas elle, épinglée, attachée au piquet de l'instant présent par la maladie. Pour le comprendre, plongez dans les oubliettes de ses yeux où les larmes se sont déjà taries puisqu'elle en a oublié la source. Là, durant quelques secondes, Henk se demande – et ce n'est pas pour la première fois – ce qui est le pire : oublier ou se souvenir.

La situation n'est pas inédite. Parfois, elle cherche à l'embrasser, lui agrippe l'entrejambe ou attrape une de ses mains pour la plaquer sur sa poitrine maigrelette. Ça se produit aussi en public, à la cafétaria ou dans le hall ; d'autres fois, comme aujourd'hui, elle l'emmène dans sa chambre, en des jours où, parmi les ravages de son cerveau, subsistent manifestement de minces parois de bienséance. Face à ce comportement déplacé, Henk s'efforce à la plus grande gentillesse. Il ne veut ni la blesser, ni la peiner. Il ne veut pas qu'elle ait honte. Après tout, son comportement n'est pas aussi déplacé qu'il paraît : Henk et Maaike ont eu une liaison. Entre eux, le sexe n'est donc pas une terra incognita. Bien que leur histoire remonte à des années, un magnétisme physique, certes flou mais conscient, a longtemps perduré entre eux. À présent que les inhibitions de Maaike se sont envolées, ces vieilles sensations refont surface, sans freins, elle agrippe Henk par le pénis, enfonce sa langue dans sa bouche ou attire ses mains vers ses seins rabougris. Pour être tout à fait clair à ce sujet : Henk perçoit lui aussi une rémanence de ce magnétisme sexuel, même si la femme qu'il ne pouvait à l'époque s'empêcher de caresser a pratiquement disparu. Par moments, quand elle lui fait des avances, il sent son sexe réagir et se gonfler de sang, en partie par réflexe, mais aussi en réponse à l'attention que cette femme – ou plus précisément : au souvenir qu'il garde de cette femme – lui accorde. Ils faisaient l'amour trois ou quatre fois par semaine, en fonction de leur emploi du temps, en général à la sauvette, pas forcément dans les conditions les plus confortables, dans une voiture ou une salle d'examen déserte, craignant d'être pris sur le fait, traqués par un sentiment de culpabilité puisqu'ils étaient par ailleurs, l'un et l'autre, heureux en ménage. Ce qui n'était pas sans les tenailler. Chacun aimait sincèrement son conjoint et ne ressentait en rien le désir de l'échanger contre un autre ; néanmoins, ils n'arrivaient pas à s'extirper de leur liaison. Ils étaient faibles.

Qu'est-ce qui pouvait bien les animer alors ? se demande Henk tandis qu'il regagne en cette fin de matinée son domicile dans les vibrations de la chaleur, à la hâte, en sueur, les sacs plastique se balançant contre ses cuisses si bien que ses narines captent par instants un effluve de fromage – une odeur lourde, sensuelle, à la croisée de l'exquisité et du supplice, laquelle participe sans doute à retenir ses pensées sur Maaike au lieu de se précipiter vers Canaille. Qu'est-ce qui les animait ? Qu'est-ce qui l'animait, lui ? Peut-être ceci : Maaike incarnait pour Henk le rêve du Sexe-À-Tout-Va. Sa relation sexuelle avec Lydia était agréable en même temps que limitée, au sens où leur couple avait fini par emprunter une voie dont il ne semblait plus devoir s'écarter. Bien entendu, il aurait pu proposer à Lydia certaines choses, tu veux faire ceci, tu aimerais faire cela, et il se peut très bien qu'elle eût accepté, mais c'était là un pas qu'il n'avait jamais franchi. Pourquoi ? Parce que l'aventurisme en matière de sexe n'est pas dénué de risques. Il aurait pu révéler des aspects nouveaux et insoupçonnés de leur couple qui en aurait été irrévocablement modifié. Voire causer des dommages qui l'auraient condamné. Avec Maaike, ce risque n'existait pas. Elle était un terrain sûr : un segment parallèle de la réalité dans lequel il pouvait faire ce que bon lui semblait. Sexe-À-Tout-Va : le vieux rêve de s'abandonner à tous les fantasmes érotiques qui remontent à la surface depuis Dieu sait quelles profondeurs. Si Maaike suscitait ce désir chez lui, cela tenait à leur différence d'âge. Dix-huit ans. Cet écart inhabituel entraînait spontanément leur liaison sur un terrain inhabituel. Le corps de cette femme l'excitait parce qu'il était plus vieux, exotique. Sur elle, il voyait les années, il voyait les marques laissées par un accouchement, par deux mariages et qui sait combien d'amants ; il voyait les vergetures et la chair molle du ventre, l'atrophie, bref tous les stigmates d'un vécu de femme. C'était un corps que plus rien ne pouvait surprendre.

Henk, à la hâte, en sueur, se souvient soudain d'un curieux détail : Maaike ne portait jamais de sous-vêtements (*portait* en effet : dans la maison de repos, elle porte une couche, ce que, par commodité, on va ranger au nombre des sous-vêtements). Une pratique qui l'émoustillait. Bien qu'il n'y ait, évidemment, qu'une différence infime entre en porter et ne pas en porter, celle-ci suffisait à attiser la frénésie qui l'habitait. En présence de Maaike, il le savait, il était près de sa nudité et de tout ce que cette nudité avait à lui offrir. Il lui suffisait de déboutonner sa blouse et elle se tenait là, nue comme un ver, devant lui. Il aimait s'agenouiller devant elle pour presser son visage contre son mont de Vénus, dans ce triangle touffu et sombre de poils étonnamment fins à la base de son ventre, toison qui lui paraissait toujours un rien comique, une barbichette placée au mauvais endroit. Mais il ne riait pas pour autant. Quelque part dans ce paysage, il trouvait le vagin qu'il prenait tout à fait au sérieux, durant plusieurs mois le centre de son monde, le centre de gravité de ses journées, l'endroit où il chutait naturellement, et qui, une fois en vue, devenait pour une poignée de minutes la destination de son sperme.

Le sexe avec Maaike était-il vraiment à tout-va ? Non, bien sûr que non, la réalité n'autorise pas l'à tout-va, du moins pas dans la même mesure que les fantasmes. Le sexe avec Maaike s'est lui aussi engagé sur une voie qu'ils ont suivie jusqu'à l'épuisement de leur liaison. Voici comment ça s'est passé. Après une garde du soir, ils avaient fait l'amour dans une salle d'examen déserte, sans beaucoup de cérémonie – pénétration, tangage rythmé pendant deux ou trois minutes, orgasmes plus ou moins simultanés, terminé. À la lumière du néon, s'infiltrant depuis le couloir par la fenêtre en verre dépoli de la porte, ils remettent de l'ordre dans leurs vêtements. Maaike reboutonne sa blouse et essuie, avec un Kleenex, une giclure de sperme sur le linoléum. Alors qu'ils s'apprêtent à sortir, ils échangent un regard fortuit et fugitif, qui se mue en une attention soutenue. Il y a un truc. Oui, il y a un truc, et ils savent aussitôt ce que c'est. Ils se figent. Maaike prend le visage de Henk entre ses mains. Henk, dit-elle, mon petit Henk chéri en rut, ça a assez duré comme ça, hein ? Henk prend les mains de Maaike dans les siennes, les porte à ses lèvres et hoche la tête.

Et c'est tout. Leur liaison a pris fin parce qu'ils en ont vu soudain la banalité. Dans les yeux de l'autre, chacun a perçu une profonde gêne : ce qui venait de se passer, sur cette table d'examen, sous cette lumière crue, à la suite de ce hâtif dépiautage de vêtements, à la vue de cette giclure de sperme, c'était minable. Sans l'illusion envoûtante du Sexe-À-Tout-Va, leur liaison leur pesait. Une fois qu'ils en prirent conscience, impossible de voir les choses autrement ; d'un moment à l'autre, il n'y avait plus eu de place pour ce qui les avait obnubilés pendant des mois.

Non que ce constat eût éteint pour de bon leur lubricité. Le désir a continué de se manifester, parfois de manière fugace, parfois de manière plus insistante, mais sans jamais tomber dans le bis repetita. Au fil des années, ce feu de bruyère érotique avait revêtu le caractère d'une tendresse mutuelle, portée par un passé commun – un passé partagé par eux seuls, dont personne d'autre n'avait connaissance. Il arrivait que Maaike pose une main sur l'avant-bras de Henk. Que Henk pinçote l'épaule de Maaike. Ça en restait là. Même le jour où il lui avait annoncé qu'il allait divorcer de Lydia – se mettant tout à coup, dans son désarroi, à sangloter puis à chialer, ce qu'il avait nom de Dieu jusqu'alors évité de faire – et que Maaike, en guise de consolation, lui avait proposé de coucher avec elle : il s'était contenté de secouer la tête, éploré.

Désormais, elle est la proie désarmée du moindre stimulus. Tantôt, Henk voit venir ses avances et parvient à les contourner en la distrayant. Tantôt, il est pris de court. Un gériatre lui a expliqué qu'un comportement sexuel désinhibé se produit chez de nombreux patients souffrant de la maladie d'Alzheimer. Dans le cas de Maaike, Henk sait que quelque chose d'autre entre en jeu, qui ne se limite pas à un désir anodin libéré de la contrainte et de la décence mais englobe toute une histoire, leur histoire, aussi la laisse-t-il faire avant de mettre fin à ses minauderies le plus gentiment possible.

Il est arrivé. Il gravit l'escalier. Sa chemise trempée colle à son dos et à son ventre, mais il n'y prête aucune attention. Il entre dans son appartement où il fait une chaleur étouffante, mais à cela, il ne prête pas non plus la moindre attention.

« Canaille ? »

Canaille n'est pas d'aplomb. Alors que Henk pose une gamelle d'eau devant lui, le chien se lève péniblement, boit quelque lapées avant de s'avachir à nouveau dans son panier. Il a du mal à respirer. Henk lui prend la tête dans les mains, le regarde dans les yeux et voit le même étranger que quelques heures plus tôt. En retour, dans les yeux bruns de l'animal, il ne distingue aucune lueur de reconnaissance : lui aussi est un étranger. Il perçoit le tourbillon d'air chaud que provoque sa panique ; heureusement, l'infirmier en lui prend le relais. Il est midi moins sept. Le samedi, la clinique vétérinaire au coin de la rue est ouverte jusqu'à midi. Il téléphone pour dire qu'il arrive. On lui promet de l'attendre.

« Viens, on va chez le médecin. »

Il prend le chien dans ses bras. C'est relativement facile : Canaille n'est guère plus gros qu'un respectable matou. Henk ne l'a plus porté depuis qu'il était un chiot ; pourtant, Canaille reste indifférent à cette situation. Ils descendent les marches, s'engagent dans la rue, à droite, choisissant le trottoir à l'ombre et, au bout de quelques minutes, entrent dans la clinique où les attend un vétérinaire, un homme d'un certain âge, que Henk se souvient d'avoir vu lors de précédentes visites. Il ne saurait dire si le type le remet. Il n'a d'yeux que pour le chien. Canaille, sur la table d'examen, subit son sort. Le vétérinaire l'examine en silence. Puis il pose une série de questions. Henk lui répond. L'homme lui explique ensuite que le chien souffre probablement d'une insuffisance cardiaque. L'insuffisance cardiaque signifie que le cœur n'est plus capable d'assurer le... Henk l'interrompt. Il sait ce que ça veut dire, une insuffisance cardiaque. Le médecin opine du chef, et ils restent ainsi debout l'un à côté de l'autre, près de Canaille qui a une respiration lourde, indifférent à ce qui l'entoure, qui ne cherche pas le regard de son maître, tout bonnement allongé là avec son cœur défaillant. Henk pense à Saskia. Le cœur pompe et le sang circule, oui, encore, du moins pour l'instant, car le type vient de lui dire que, dans un futur proche, cela va s'arrêter. Il étire ses omoplates.

« Vous proposez quoi ?

– Des médicaments pour aider à drainer les fluides. Des pilules pour uriner. Il se sentira moins oppressé. Pour le reste, il faut limiter l'eau. Ne le laissez pas en boire trop. Quand il est vraiment assoiffé, tamponnez sa bouche et sa langue avec une éponge humide. Laissez-le se reposer, surtout avec une chaleur pareille. Sortez-le pour qu'il fasse ses besoins, mais surtout pas de longues promenades. »

Le vétérinaire se tient droit comme un I. Il rappelle à Henk un philosophe à l'ancienne, un Romain en marbre, stoïque et distant. S'il parle d'une voix douce et envoûtante, calme et claire, il paraît toutefois ailleurs. Henk suppose qu'il a déjà la tête au trajet qui va le ramener chez lui pour profiter de son samedi après-midi, de la fraîcheur de son jardin, de sa collection de timbres, de son petit-fils. Mais, sans prévenir, avec une souplesse surprenante, l'homme s'agenouille près de la table d'examen, approchant son visage au niveau de la gueule du chien. Il lui caresse la tête.

« Alors, mon petit bonhomme, t'as du mal à respirer ? On va un peu arranger ça, hein… Oui… Dis-moi, t'as une belle tête, oui, ça alors, quelle belle tête tu as, regardez-moi ces beaux yeux… »

Henk en reste coi ; Canaille, pour sa part, balaie de la queue le similicuir bleu foncé. Henk observe le type en train de cajoler l'animal et de lui parler, puis Canaille qui se laisse administrer les médicaments sans protester. Tout en s'affairant, le vétérinaire explique qu'en plus des pilules diurétiques, on pourrait songer à fortifier le cœur, mais qu'en général un tel traitement a des effets secondaires et qu'il faut donc en peser le pour et le contre. Il suggère d'essayer les médicaments, de voir ce que cela donne afin d'agir en conséquence. C'est d'accord ? Henk est d'accord. Peu après, le médecin lui remet un sachet plastique contenant des médicaments et un dépliant. C'est la fin de la consultation ; cependant, les deux hommes demeurent plantés l'un en face de l'autre, le chien entre eux. Apparemment, ils n'en ont pas encore terminé.

« Il a treize ans, vous m'avez dit ?

– Presque quatorze. Quand on l'a adopté, il n'avait pas plus de huit semaines. Il venait d'une portée de sept, on nous a laissé choisir. Il m'a tout de suite tapé dans l'œil. Il était tellement… tellement…

– Beau ? Affectueux ?

– Attendrissant. Débordant de vie. Quand je me suis agenouillé près de lui et que je lui ai caressé la tête, tout petit qu'il était, il a aussitôt agité la queue, comme à l'instant, quand vous l'avez… C'est pour ça que je me suis dit… C'est bon signe…

– Il va vivre encore un certain temps. Son cœur ne va pas aller en s'améliorant, mais il lui reste un peu de temps. Quelques mois. Plus, qui sait.

– Oui. Bien. Merci. Merci beaucoup. »

Le vétérinaire continue de caresser la tête du chien. Il a de longs doigts civilisés.

« Mon fils avait un chien, reprend-il alors. Un berger belge. Max. Ils étaient inséparables. Max dormait dans la chambre de Jochem. Il savait exactement à quel moment Jochem rentrait de l'école, même lorsque c'était à une heure inhabituelle, à croire qu'il flairait sa présence de très loin. On a remarqué que chez Max, un truc n'allait… »

Il agite la main devant son visage. Comme pour chasser une mouche.

« Plus tard, ma femme… »

Henk écoute d'une oreille distraite. Canaille a encore du temps, se dit-il. Quelques mois. Plus, qui sait. Du temps. Au cours des premiers mois passés avec le chiot, il a remarqué combien l'animal faisait de son mieux pour apprendre à le connaître. Canaille le suivait partout. Souvent, il restait à l'observer – tête de guingois, sourcil dressé – quand Henk était occupé dans la cuisine, en train de lire le journal ou de regarder la télévision. Que fait mon maître ? Comment suis-je censé interpréter son comportement ? Attend-on quelque chose de moi ? Par moments, Henk visualisait les efforts que faisait le cerveau de l'animal, la machinerie, bobines et engrenages, axes et rouages tictaquant et bourdonnant, tentative digne de tout chien de mieux connaître son maître. En retour, lui-même faisait de son mieux pour apprendre à connaître le chiot. Il a appris à interpréter son regard, la position de ses oreilles, les mouvements de sa queue, la ligne de son dos, le degré de fougue dans sa démarche, son appétit, la routine des pipis et des cacas. Ainsi ont-ils appris à se connaître l'un l'autre. À lire dans le regard de l'autre ce qu'il y avait à lire. Souvent, Henk s'est absorbé dans les yeux du chien. Faim, y lisait-il. Envie de faire caca. De promener. Chaud. Oreille de cochon. Il a découvert que le chien était un être émotif. Il a discerné de la tristesse, de la joie, de la honte ou encore de la contrariété. Un être émotif, c'est un être musical. Il mettait un CD de Mozart et fixait le chien. Rien. Si ce n'est ceci : oreille de cochon. Hændel : rien. Les Beatles : rien. Alors Frankie Goes to Hollywood : rien. Mais *La Lettre à Élise*, ça a tout de suite fait son effet. Dès les premières notes, tête de guingois, sourcil dressé, Canaille de s'immobiliser en position assise. Que percevait-il ? Henk l'ignorait, mais un élancement de jalousie l'avait traversé : être à même d'entendre cette musique pour la toute première fois… Immobile jusqu'à ce que les dernières notes se soient éteintes. Le chien avait alors poussé un soupir puis s'était couché, encore sous le coup de l'émotion, semblait-il – ébranlé, peut-être, parce que dans les profondeurs de son cerveau, des fibres s'étaient animées qui, d'ordinaire, ne s'avivaient que chez les humains.

Quand, ce matin, Canaille était redevenu un étranger pour Henk, et que lui-même en était redevenu un pour le chien, il avait eu l'impression que ce changement effaçait leur entente, leur passé, toutes les années qu'ils avaient partagées. L'impression d'ouvrir un de ses livres préférés et d'y découvrir un autre texte. Qu'il ait immédiatement fait le lien entre ce changement et une maladie tenait à sa profession : le même phénomène se produisait à l'hôpital. Des milliers de fois, il a vu un visiteur s'approcher d'un lit, une personne à la vie assurée, en bonne santé, alors que, dans le lit, gît un proche qui ne l'est plus, gravement blessé ou gravement malade, et qui n'a aucune assurance sur sa vie ; la prudente approche ; l'angoisse dans les yeux ; la frayeur en découvrant l'étranger dans le lit. Est-ce *bien* ma femme ? Est-ce *vraiment* mon père ? Et le pire de tout : est-ce *mon* enfant, là ? Ils s'avancent vers le lit d'un pas lent, ces gens en bonne santé, la plupart tendent une main, comme s'ils tâtonnaient dans l'obscurité, puis touchent l'étranger, avec précaution, avant-bras, épaule, poitrine, front.

Mon fils avait un chien. De retour chez lui et une fois Canaille endormi dans son panier, Henk prend enfin la mesure de l'histoire du vétérinaire. Son fils est mort. À la fin, Henk s'était contenté d'un hochement de tête, avait réitéré ses remerciements, soulagé en dépit du diagnostic. Il y avait encore du temps. Puis il avait repris Canaille dans ses bras. Se retournant avant de quitter le cabinet, il avait constaté que le praticien était toujours planté près de la table d'examen, droit comme un I, vieux. Ce n'est que maintenant que Henk comprend ce qu'il a vu, ce qu'il a réellement vu, un père qui a perdu son fils ; fort de cette prise de conscience, il regarde Canaille et pense à Maaike, à Lydia, à Saskia, au voisin du dessous, à la femme bordélique de ce matin, à Rosa, à Freek, au libraire, à l'homme à la chemise rouge vif croisé chez le boucher plus tôt dans la semaine, à un copain de l'école primaire, au paysan portugais qu'il a vu un jour, dans un village, entrer dans un café en plein après-midi caniculaire pour descendre d'un trait, devant le zinc, un grand verre de vin rouge glacé, à mademoiselle Wagemakers, sa maîtresse en CP qui conduisait une NSU beige.

Bref, l'interminable cortège défile sous les yeux de Henk – pleinement conscient de l'état de mortel de chacun, y compris de celui de Henk van Doorn. L'état de mortel : vie qui se termine. Non : vie qui se termine alors qu'on ne le veut pas. Non : vie qui se termine alors que Henk ne le veut pas.

Henk aime la philosophie. Nietzsche est l'un de ses penseurs préférés. Il est en particulier attaché à *De l'utilité et des inconvénients des études historiques pour la vie.* L'ouvrage parle du poids idéal des souvenirs. À partir de quand, se demande

Nietzsche, les souvenirs deviennent-ils un poids ? Question délicate, *in fine*, mais à Henk, elle importe peu. Il l'a lu trois fois, sans vraiment en saisir les enjeux, mais toujours rempli de l'excitation que lui procure la compagnie d'un esprit lucide. Régulièrement, des phrases du livre se rappellent à lui, par exemple à la maison de repos, il y a quelques heures, lorsqu'il a constaté que Maaike menait dorénavant une vie *attachée au piquet de l'instant présent*. Nietzsche n'a pas utilisé cette tournure pour décrire des personnes souffrant de démence, mais à propos des animaux. Les animaux vivent entre les enclos du temps, sans vision ni du passé ni de l'avenir, ils ignorent donc ce qui a précédé comme ce qui va suivre. À l'instar des très jeunes enfants. C'est un état merveilleux, qui ne dure pas, car *trop tôt*, écrit le philosophe, *on fait sortir l'enfant de l'oubli. Alors il apprend à comprendre le mot « il était »*. Il était une fois un pauvre tailleur, une gentille petite fille, un charpentier, allez-y, complétez la liste. Nietzsche veut-il dire, se demande Henk, que notre vie se trouve projetée dans le fleuve du temps dès lors que nos parents commencent à nous raconter des histoires ? Oui. Les histoires existent par la grâce du temps. Quelque chose se produit, puis quelque chose d'autre, et ainsi de suite, dans une séquence qui implique une temporalité. *Il était une fois* et *splash !* on patauge au beau milieu du fleuve.

Henk a une conscience accrue de notre degré d'immersion dans des histoires. Fais un peu le décompte, lui est-il arrivé de dire à Rosa, on raconte des histoires dans les journaux et les magazines, à la télé, sur les réseaux sociaux, dès qu'on parle avec des copains, chez le boulanger et dans le taxi, dans les tribunaux et au sein des conseils municipaux, au Parlement, dans les salles de classe et les amphis, au bureau ou encore quand on cherche à vendre quelque chose. Notre savoir est constitué d'histoires. Nos souvenirs sont des histoires. Nos projets sont des histoires. Et la personne que l'on est, Rosa, est également une histoire. On vit dans une histoire de notre propre fabrication. Prends mon cas. Je m'appelle Henk. J'ai cinquante-six ans, j'en aurai cinquante-sept en décembre, la veille de Noël. Je suis né à Amstelveen, ni un village ni une ville, plutôt une localité à taille humaine, idéale pour les familles. Rien n'y sortait de l'ordinaire, mais ce qui ne sortait pas de l'ordinaire est sorti de l'ordinaire parce que c'est là que j'ai grandi. On traînait devant nos maisons. On jouait au foot dans la cour de l'école. On allumait des flambées dans l'abri à vélos abandonné derrière le gymnase. L'odeur de ces feux une fois éteints, je ne l'ai pas oubliée. Ma mère était femme au foyer, mon père, prof de chimie. Certains jours, ses vêtements sentaient bizarre. Je suis le deuxième de trois garçons. Mon frère aîné est mort, de cela j'ai encore et toujours du mal à parler. Mon cadet… eh bien, tu le connais, évidemment. Il a deux enfants, toi et ton petit frère, Tim. Je suis infirmier en soins intensifs. J'aime mon travail qui est apprécié, mais parfois je crains que toute la tristesse que je côtoie se dépose sur ma peau et accélère mon vieillissement. Une pensée absurde, je te l'accorde. Je mesure un mètre quatre-vingt-six et pèse quatre-vingt-onze kilos. Mon IMC (26,3) est donc trop élevé, sans toutefois être proche de l'obésité, et, selon le Centre de nutrition, il suffirait que je perde quelques kilos pour améliorer ma santé. Je suis heureux d'être célibataire. Une assertion forcée, je le conçois, mais il faut bien être ceci ou cela.

C'est un fait, Rosa, conclut-il, les histoires sont le fondement de notre intelligence et de notre entendement. Leur architecture. Sans histoires, le monde se désintégrerait en une multitude de fragments dépourvus de sens. C'est notre capacité à raconter des histoires qui confère au monde son unité. Grâce à notre imagination, on tisse quelque chose à partir de rien. *Il était une fois.*

Nietzsche, en attendant, ne se préoccupe pas du tout de ces questions : il s'interroge sur le poids idéal des souvenirs et estime que les animaux n'ont pas de mémoire. Un avis que Henk ne partage absolument pas, à cause de Canaille. Il ne fait aucun doute que Canaille est doté de mémoire. Il détient un savoir relatif au passé (l'endroit où se trouve son panier, sa gamelle, ses jouets ; le son de son nom et de la voix de Henk ; la silhouette de Henk) et est en mesure de se figurer ce qui va advenir (la promenade matinale, son dîner, l'odeur de Henk lorsque celui-ci descend les escaliers au réveil). Et là où Nietzsche suppose que les animaux sont bêtement heureux parce qu'ils ne connaissent que l'instant présent, Henk y voit une riche vie émotive. Selon les moments, Canaille est heureux, gai, excité, en colère, effrayé, triste ou mélancolique. Il aime la musique. Il aime *La Lettre à Élise*. Il aime aussi Mahler (les *Kindertotenlieder*) et, curieusement, le groupe George Baker Selection (*Una paloma blanca*).

Et voici ce qui se passe, vers treize heures, en ce samedi après-midi dans la vie de Henk et de Canaille. Henk se dirige vers le meuble à CD, prend *La Lettre à Élise*, met le lecteur en route et observe Canaille. Canaille, dans son panier, pointe dans un premier temps les oreilles, puis ouvre les yeux. La tête reste droite, car elle repose sur le bord du panier, mais le sourcil gauche se dresse, si bien qu'il est tout à coup possible de lire l'expression du chien.

Il y a encore du temps, lit Henk. Il y a encore du temps pour une vie délectable, formidable, incomparable.

Il est donc environ treize heures. Assis à la table qui sépare la cuisine du séjour, Henk boit un café bien fort et un rien sirupeux à cause du sucre dont il ferait mieux de se passer. La journée, écoulée pour moitié, paraît déjà remplie à ras bord. Elle s'accompagne d'une torpeur en phase avec la chaleur oppressante qui règne dans l'appartement. Il pourrait ouvrir les fenêtres qui se font face, pour créer un semblant de fraîcheur, mais la torpeur ayant également raison de lui, l'idée ne le traverse même pas. Le café n'est d'aucun secours. La fatigue l'accable. Beethoven devient envahissant. Autre conséquence de cette fatigue : son cerveau n'est plus capable d'assimiler les sons complexes, ceux-ci se désintègrent en du boucan. Voilà pourquoi Henk aspire au silence, à tel point que, surmontant sa fatigue, il se lève et éteint la musique. Mais aussitôt, le silence est rempli par une voiture qui passe dans la rue pavée ; ce bruit lui rappelle l'eau de mer refluant sur des coquillages et donc des vacances dans les Cornouailles, et donc une plage accessible uniquement à marée basse, laquelle se révéla jonchée de déchets en plastique, d'emballages, de petits seaux, de gants, de bouteilles, de bouts de corde, la plupart aux couleurs vives, entrelacés d'algues, le tout d'une beauté si stupéfiante qu'il prit des dizaines de photos. Il n'a pas renoncé à les imprimer et à les encadrer afin de les accrocher en une série, par exemple au mur de la montée d'escalier, projet qu'il ne cesse de reporter car, pour ce genre de choses, il se montre d'une rare mollesse. La voiture une fois passée, il entend le marmottement de la télé des voisins du dessous. Il pousse un soupir. Il laisse ses doigts aller et venir sur les boîtiers des CD, à la recherche d'une musique qui, sans l'agresser, pourrait servir de substitut au silence. Il finit par retenir le George Baker Selection.

When the sun shines on the mountain
And the night is on the run
It's a new day, it's a new way
And I fly up to the sun

Canaille ne réagit pas. Bien que Henk éprouve une légère déception, c'est le soulagement qui prédomine : le chien dort d'un sommeil profond et paisible, comme il a pu le faire à intervalles réguliers tout au long de son existence. Il n'y a pas de catastrophe en cours.

Henk se rassied et finit de boire son café. C'est un CD de Lydia, que Henk a gardé pour Canaille après le divorce. Si Lydia est l'une des femmes les plus intelligentes qu'il connaisse – professeur d'université, spécialiste de la théorie de la complexité, elle siégeait à vingt-trois ans au conseil municipal de Roermond (dans les rangs du parti libéral), elle parle couramment l'anglais, le français et l'espagnol –, son manque de bon goût n'en est que plus effarant. Elle aime le George Baker Selection. Elle aime aussi Boney M., Abba et Alphaville. Elle aime des séries comme *Friends* et *Amour, Gloire et Beauté.* Elle aime les repas micro-ondes et la bière sans alcool. Elle aime la laine angora et les sequins. Elle aime la lingerie coquine et s'est remariée avec un Américain qui, probablement, aime ça lui aussi – mais cette dernière précision est peu agréable à Henk. Quoi qu'il en soit, au début, ce manque de bon goût participait de son charme. Il était amoureux. L'état amoureux est une illusion à laquelle Henk n'a pas plus échappé que d'autres. Les goûts de Lydia témoignaient d'une rafraîchissante sincérité, se figurait-il, de courage vis-à-vis de son entourage, d'irrévérence vis-à-vis des conventions. Elle était un être libre, indépendant. Ce qui a d'ailleurs rendu service à Henk : elle a perturbé l'ordre policé auquel il se conformait, l'a forcé à réévaluer ses propres valeurs, à les revoir, à y réfléchir plus avant, ce à quoi aucune personne sensée ne saurait s'opposer. Mais plus l'état amoureux refluait, plus l'illusion se dissipait.

Des premières contrariétés étaient apparues, ainsi vont les choses, et pour neutraliser son irritation, Henk s'était efforcé de mieux comprendre sa femme, ainsi vont aussi les choses. Il l'avait interrogée. Pourquoi aimes-tu ce genre de musique ? Quel attrait trouves-tu à, disons, *Una paloma blanca* ? Mais rien n'y faisait. Lydia expédiait ses questions. Pourquoi diable se prenait-il la tête ? Elle aimait bien cette chanson : *et alors ?* Et alors ? Eh bien, s'était risqué Henk, ça me paraît plutôt évident, je veux dire, écoute-moi ça, ce rythme assommant, ce piccolo, et ces paroles, purée, on comprend d'emblée que, etc. Mais non, elle ne pigeait pas du tout. Et lui n'était pas capable de le lui expliquer. Or là résidait justement le problème : il n'était pas capable de le lui expliquer. Elle aurait dû piger sans qu'on eût besoin de lui expliquer quoi que ce soit, point final, mais puisqu'elle ne pigeait pas et que lui n'était pas capable de le lui expliquer, un gouffre s'était ouvert sous leurs pieds, un gouffre dans lequel, au bout du compte, tout un mariage avait sombré, car ainsi vont les choses, exactement ainsi, des futilités qui bourdonnent au-dessus des têtes dès le premier jour, que l'on minimise, que l'on rationalise, que l'on utilise comme prétextes à des querelles anodines afin de les vider de leur substance, mais qui, en définitive et quoi que l'on fasse, ne se laissent pas apprivoiser et qui, petit à petit, détruisent impitoyablement un mariage.

Una paloma blanca
I'm just a bird in the sky

Una paloma blanca
Over the mountains I fly
No one can take my freedom away

Vraiment de la musique de merde. Il devrait se lever, retirer le CD du lecteur, le casser, le pulvériser et le brûler, puis, en fredonnant un requiem, disperser les cendres sur la nécropole de son mariage. Mais il ne le fait pas. Il songe à Canaille : qui sait si cette musique n'est pas salutaire pour l'animal endormi. De plus, Henk est bien trop fatigué pour se lever de nouveau de sa chaise. Tellement fatigué qu'il ne peut opposer la moindre résistance à une pensée, sinistre celle-là aussi, qui s'échoue avec les vagues huileuses de son esprit sur la plage déserte de son existence henkienne. La pensée suivante : une connasse hors pair. En définitive. Lydia. Aimer pour de bon de la musique pareille, sans honte, sans ironie. Qu'est-ce que cela révèle sur le caractère de cette personne ? Rien de bien engageant. Curieuse prise de conscience – ses pensées le pourchassent maintenant telles des hyènes en meute – que celle de se dire qu'il l'a aimée naguère. Au fond, il n'est plus capable d'imaginer la chose. Selon toute apparence, il était un homme bien différent de celui d'aujourd'hui. Il n'y a pas d'autre explication. Quel genre d'homme était-il ? Il avait vingt-sept ans. Il était mince. Il évoluait avec aisance, plein d'énergie. Il renvoyait l'image d'un individu dynamique, surtout au travail, alors qu'en réalité il n'exerçait aucun contrôle sur lui-même. À défaut de centre de gravité, de clé de voûte, il dérivait dans toutes les directions. Il ignorait qui il était. Il était un vacuum, un container accueillant, rien de plus que les planches d'un théâtre sur lesquelles tout un chacun pouvait se démener à sa guise, un ambon où tout un chacun pouvait prendre la parole. Il était une chiffe molle, oui, ça se résumait à ça, un sac de jute, un affreux mollusque, mais minute papillon, ne voilà-t-il pas qu'il est en train de se rabaisser, or tel n'est pas le but. On parlait de Lydia, de cette connasse de Lydia, d'elle et de ses choix musicaux de merde, d'elle et de ses séries de merde, non, non, arrête. *Stop.* Ce n'est pas vrai que Lydia était une connasse. Elle était la dernière à en être une. Qu'était-elle alors ? Elle avait vingt-huit ans, venait de passer sa thèse et caressait plusieurs projets. Elle aimait l'homme qu'il était (vingt-sept ans, mince, énergique), puisque, non contente de coucher avec lui, elle souhaitait l'épouser. Lui aimait la femme qu'elle était, puisque, non content de coucher avec elle, il souhaitait l'épouser. Aussi s'étaient-ils mariés. Ils étaient heureux. Il s'en souvient très bien. Et ils ont continué de s'aimer alors qu'ils avaient atteint la trentaine et appris qu'ils n'auraient pas d'enfants (attention ! sujet sensible, on ne l'aborde pas), même s'ils n'étaient peut-être plus aussi heureux qu'au début. Ainsi vont les choses avec les années, le piquant s'émousse, l'immédiateté se fane et le bonheur s'érode pour n'être plus que contentement. Soit. Mais vers le milieu de la quarantaine, ils ont subitement cessé de s'aimer. Voilà le souvenir qu'il en garde : du jour au lendemain, ils ne s'aimaient plus. Une sorte de vide s'était soudain fait entre eux. Coupe claire. Pourquoi ? Pourquoi ont-ils cessé de s'aimer ? Il n'en a aucune idée. Il ne s'est jamais posé la question et elle non plus, visiblement. Ayant compris qu'ils ne s'aimaient plus, ils n'avaient plus aucune raison de se demander ce qui était allé de travers, et encore moins d'en parler. Ensuite, ils ont continué de cohabiter un bout de temps, par habitude, faute d'une meilleure idée peut-être, faute de croire qu'une tierce personne pourrait un jour s'intéresser à elle ou à lui, mais en aucun cas parce qu'ils en avaient envie. Ils ont fini par se séparer parce que le silence, non, pas le silence – ils faisaient bien assez de raffut comme ça –, mais l'absence de sens de leur relation leur devenait insupportable. Oui, se dit-il, plus calme à présent, plus triste, plus sage en quelque sorte, c'est comme ça que ça s'est passé, c'est comme ça qu'un mariage capote : l'état amoureux se fait amour, se fait affection, se fait amitié, se fait évidence, se fait paresse, se fait irritation, se fait aversion, se fait ressentiment, se fait indifférence, se fait absence de sens, se fait divorce.

Enfin, c'est à peu près comme ça que ça s'est passé, à condition de mettre l'accent sur à peu près, car il y aurait bien d'autres choses à dire sur le sujet ; quoi qu'il en soit, le moment est venu pour lui de prendre son téléphone et de sélectionner le numéro de Lydia. Elle répond presque immédiatement, à croire qu'elle ne vit pas à New York mais dans une commune voisine.

« Henk, entend-il. Sympa que tu appelles.

– Lydia. Salut. C'est moi. Oui. Comment ça va ?

– Bien. Le train-train habituel. Je viens de me lever, je prends mon petit déj'. Dehors. Sur le toit-terrasse. Et toi ?

– Pas moi. Je suis dans mon appart. Écoute, je pense qu'il faut que je t'en informe, parce qu'il était aussi à toi, donc je me suis dit, je vais l'appeler…

– Viens-en au fait. Qui était à moi ?

– Canaille. Je t'appelle à son sujet. Canaille est malade. »

Oui, c'est ça, il l'appelle au sujet de Canaille. Ça va de soi, il n'a aucune autre raison de lui téléphoner. Depuis le divorce, ils n'ont plus rien à se dire. Entre leurs vies respectives, qui ne partagent aucun point de convergence, s'étend une plaine inhospitalière. À ceci près que Canaille se trimbale dans cet espace. Autrement dit, par l'intermédiaire du chien, ils ont encore la possibilité de se joindre – supporter la voix de l'autre et les images qu'elle ravive, les souvenirs liés à ces images, bref, cette réalité furieusement compliquée : ils se sont aimés et ils ne s'aiment plus – et tant que Canaille vit (tant qu'il vit !), cette possibilité demeure.

À l'époque, ils ont cherché et choisi le chien ensemble. Surmenée, Lydia avait besoin de changer le rythme de sa vie. Henk lui avait suggéré un chien. Les animaux, avait-il expliqué, vivent attachés au piquet de l'instant présent. Ils nous maintiennent dans l'ici et le maintenant, or c'est exactement ce dont tu as besoin. Lydia aurait aimé un caniche, mais Henk lui ayant montré un kooikerhondje, son choix s'était irrévocablement porté sur l'un de ces petits chiens de chasse. Ils en avaient acheté un à la présidente de l'Association néerlandaise des kooikerhondjes (femme sympa, hystérique bien entendu, aux pieds d'une longueur impressionnante), l'avaient tout de suite adoré. Le chiot avait semé le chaos dans leur logement bien rangé, cossu, sans enfants, mais ça ne les dérangeait pas. Ils étaient tombés amoureux de l'attendrissante frimousse, avaient ri du dandinement de son petit derrière, admiré ses magnifiques dents, plongé les doigts dans sa fourrure à la douceur merveilleuse. Or ce n'est pas le rythme qui avait guéri Lydia, non pas l'inexorable ici et maintenant auquel le chien la ramenait, mais bien la joie de vivre de l'animal. La clé de tout. Ce qui l'avait soulevée et guérie. Elle était retournée à son travail, elle rentrait à la maison où un chiot déchaîné l'accueillait, se précipitant sur elle, se roulant sur le dos, puis détalant avant de revenir aussi vite, un jouet, une oreille de cochon rognée ou une patate crue dans la gueule, de sorte qu'elle n'avait d'autre choix que se dérider et de lancer toutes sortes de paroles idiotes d'une voix bizarre et aiguë, *oui c'est bien ma fripouille* ou *bravo mon bébé* ou encore *ah! ma petite Canaille à moi.*

« Non! Qu'est-ce qu'il a? »

Il l'entend, à une distance de six mille kilomètres, reposer sa tasse. Un léger tintement, rien de plus, mais ça lui suffit pour se la représenter devant lui: elle pose sa tasse sur le marbre d'une table de bistrot, dans le même mouvement elle se redresse, vigilante tout à coup, fin prête pour ce qui va suivre, pour les mots qui équivalent à une catastrophe. Derrière elle, il ne devine pas la toile de fond – toits et tours résidentielles – qu'il devrait voir, mais une scène de rue qu'il projette à travers d'innombrables livres, séries télévisées et films, *Taxi Driver* par exemple, oui, c'est ça, la rue où Travis ramasse la petite pute : les immeubles autrefois cossus et dorénavant délabrés, les élégantes lignes en fer forgé des balcons et le fer à toute épreuve des escaliers de secours, apparemment dressés là après coup, les poubelles en aluminium cannelé et cabossé, les cartons d'ordures empilés les uns sur les autres, l'asphalte dégradé, des hommes, des femmes et des enfants partout, sur le trottoir, sur les marches en pierre des porches, penchés aux fenêtres, car il fait chaud dans cette scène, une chaleur suffocante que l'on sent, que l'on respire, bitume, gaz d'échappement, rance des détritus, et Travis qui part avec cette petite pute, cette fille, Iris, Iris qui boîte dans ses chaussures orange aux talons bien trop hauts, mon Dieu, ce film, ils l'ont visionné ensemble, chez eux, une vidéo après la baise. Lui et Lydia.

« Une insuffisance cardiaque. »

Une fois pénétrés du fait qu'il n'y avait plus d'amour entre eux, ils s'étaient séparés dans la bonhomie. Rien ne l'empêchait. Aucun enfant n'entrait dans l'équation, l'argent n'était pas un problème. Certes, Canaille était un sujet épineux – l'un et l'autre avaient envie de le garder, chacun avançant un motif sincère, à savoir leur amour pour le chien –, qui se révéla tel le jour où ils rejetèrent l'idée d'une garde partagée, conscients que ce ne serait pas bon pour le principal intéressé. Chez lequel des deux devait-il aller vivre ? Le problème se résolut de lui-même avant que la situation pût dégénérer. Lydia avait accepté un poste à l'université Cornell dans l'État de New York. Deux mois après le divorce, elle émigrait aux États-Unis. Ensuite, elle a rencontré Timothy, son compagnon actuel, informaticien comme elle, un confrère donc. Moins de six mois après le divorce, Lydia emménageait chez lui, dans son appartement de Brooklyn, là où elle est en train de prendre son petit déjeuner sur le toit-terrasse. Il arrive à Henk de se dire que les dernières années du mariage ont généré une monstrueuse tension chez sa femme, à croire que sa vie, tendue comme l'élastique d'une catapulte, a fini par la projeter en l'air, telle une lourde pierre sous le coup du relâchement provoqué par la signature des papiers du divorce. Au cours des mois plutôt sombres qui ont suivi cette officialisation, le tableau suivant apparaissait à Henk : Lydia fendant le ciel au-dessus de l'Atlantique, minuscule chevelure flottant au vent, jambettes flageolantes, une petite valise serrée anxieusement contre la poitrine, jusqu'à Cornell, où elle atterrissait *hop là* dans les bras du fameux Timothy, bien entendu pantois l'un et l'autre. Une scène cocasse mais libératrice : à chaque fois qu'elle lui repassait devant les yeux, Henk éclatait de rire. Et plus encore, oui, il riait à s'en inonder les joues de larmes. Incapable de s'arrêter, le ventre secoué de rires pendant des minutes, ah ! cette minuscule chevelure flottant au vent, il hoquetait et pleurait, ah ! ces jambettes flageolantes, il en avait des courbatures, ah ! cette valisette, et finalement il atterrissait sur son canapé dans une position mi-assise mi-allongée, yeux mouillés, visage gonflé, bouffi, mains sur le ventre pour protéger la paroi abdominale qui menaçait de rompre sous la succession des crampes de rire, lessivé mais purifié – une sensation d'extrême libération –, ressuscité du chagrin et de la honte, de la haine et des regrets, prêt pour le reste de sa vie.

« Mais ils vont sûrement pouvoir faire quelque chose !

– Oui et non. Je lui donne des médicaments, mais il ne pourra pas guérir. On peut prolonger la procédure, c'est tout.

– Prolonger la procédure ? Qu'est-ce que tu veux dire ? Qu'il va mourir mais pas maintenant ? »

La procédure. Manquait plus que ça. Il ne peut apparemment pas y échapper, bien qu'il ait appris voici longtemps que la neutralité du jargon médical (processus, évolution, intervention, pronostic...), loin de susciter l'apaisement recherché (tout est sous contrôle, nous savons exactement ce que nous faisons), alarme l'interlocuteur (le contrôle que l'on prétend exercer est un mensonge manifeste, tout le monde le sait ; il est consternant et incompréhensible que médecins et infirmiers persévèrent dans ce mensonge). Le tranchant avec lequel Lydia vient de lui renvoyer son explication est un vrai coup de semonce : il va lui falloir choisir ses mots avec plus de soin.

« Le cœur de Canaille est endommagé, Lydia. La vieillesse. Le muscle cardiaque s'est affaibli. Il ne pompe plus et ne propulse plus le sang comme il le devrait. Ça se traduit par des symptômes qu'on peut combattre avec des médicaments, mais sans pour autant remettre le cœur en état, si bien que finalement...

– Mais c'est pas possible ! Henk, on peut pas laisser faire ça ! – une fissure dans sa voix – Oh ! ma pauvre Canaille à moi… »

Elle se met à pleurer. Henk a du mal avec les femmes qui pleurent. Non, ce n'est pas vrai, en réalité, en tant qu'infirmier, il les traite avec beaucoup d'habileté et de chaleur, calmement, patiemment, mais une Lydia qui pleure, il ne le supporte pas. Il ne l'a vue que rarement pleurer. Ce n'est pas le genre de femme à verser des larmes, or voilà qu'elle en verse. Le contraste lui paraît insupportable : la métamorphose de la femme sûre d'elle en quelque chose de vulnérable, de réduit en miettes.

« Allez, c'est pas comme s'il allait mourir demain… »

Bourde ! Il s'en rend compte dès que les mots franchissent ses lèvres : ils trahissent son agacement. Ils suggèrent qu'elle en fait trop, qu'elle manque de sincérité. Ils la rabaissent, ce dont Henk va payer le prix, il s'en doute alors qu'il s'empare d'un stylo et se met à tracer des cercles sur une enveloppe qu'il n'a pas encore ouverte – sa fiche de paie. Dans quelques secondes, elle va exprimer son indignation. Une indignation qu'elle va tisonner en colère par le moyen de phrases placides, soigneusement choisies. Elle va dresser sa liste d'accusations. Lui dire qu'il ne s'est pas bien occupé de Canaille. Qu'il s'y est pris trop tard pour consulter un vétérinaire. Elle va rouvrir d'anciennes blessures pour le frapper là où elle peut. Lui reprocher son laxisme, son manque de discipline, sa surcharge pondérale. Lui reprocher cette infidélité qu'il lui a avouée, un jour, dans un stupide accès de sincérité, sans lui laisser l'opportunité de lui rappeler la sienne. Et pour finir, elle va le confronter à son infertilité car, en fin de compte, c'était bien ça le problème, et plus rien n'empêche de le dire, quand bien même ça fait mal. Son sperme n'est pas de bonne qualité. Ses têtards n'ont pas leur brevet de natation. Un reproche qui assénera le coup de grâce. Un lourd paletot de culpabilité s'abattra sur ses épaules, ça le paralysera, si bien qu'elle aura le champ libre. Et tandis qu'il trace cercle après cercle, il se résigne à ce qui va arriver.

En réalité, ça ne se passe pas du tout comme ça. Lydia lui demande :

« Il en a pour combien de temps encore, tu crois ? »

Il entend qu'elle fait de son mieux pour parler de manière intelligible. Quelque chose tremble dans sa voix. Ses mots font de petites glissades, deux ou trois lettres ici, une syllabe là, comme s'il y avait du verglas sur sa phrase.

« J'en sais rien. Le véto non plus. Quelques mois. Plus, qui sait.

– Plus, qui sait ?

– J'en sais vraiment rien, Lydia. Je te dis ce que m'a dit le vétérinaire.

– Quelques mois. Plus, qui sait…

– Plus, qui sait. Tu le connais. Il nous a toujours réservé plein de surprises.

– Oui, c'est vrai… Oh, ma petite Canaille… »

Elle se remet à pleurer, doucement cette fois, avec retenue, si bien que Henk ne distingue plus que des reniflements. Elle est triste. Elle est vraiment triste, ce dont il fait cas. Elle aime toujours le chien qui, à l'origine d'ailleurs, s'appelait Fido. Fido était un chiot plein d'entrain qui rognait livres, pieds de chaise, chaussures, pans de manteau, écharpes, fils électriques, coins du lave-vaisselle, du dressoir, sacs en cuir, chaussettes, déchets qu'il exhumait des poubelles, notamment des briques de lait vides, des journaux, des enveloppes, des emballages plastique, des boîtes de conserve, des trognons de pomme, des boîtes d'allumettes. Se fâcher leur était impossible. Leurs réprimandes se limitaient à un *oh, petite canaille.* Peu à peu, la boiteuse admonestation était devenue un surnom. *Ma petite canaille à moi... Canaillou de mon cœur... Vilaine petite canaille...* Puis ce sobriquet affectueux était devenu son vrai nom, l'inaliénable nom qui lui convenait, si bien que canaille prit une majuscule et qu'ils en oublièrent Fido.

« Sa façon de ranger ses jouets...

– Sa façon de bondir hors du canot...

– Et d'atterrir dans les lentilles d'eau !

– Oui. Et sa façon de réagir à la musique...

– *Una paloma blanca...*

– *Free like a bird in the sky...* »

Lydia rit. Tiens, se dit Henk. À l'époque, son rire avait été un facteur déterminant, son rire de femme de vingt-huit ans, un rire désinvolte et désinhibé auquel il ne pouvait résister. Lors d'une soirée, l'entendant rire, il avait levé les yeux : ça avait commencé comme ça. Pourquoi diable a-t-il cessé de l'aimer ? Pourquoi n'a-t-il jamais compris à quel point il est puéril de diviser une personne en ce que l'on aime et ce que l'on n'aime pas chez elle? Qu'il n'y avait qu'un seul choix: celui entre Lydia et pas de Lydia? Qui sait, se dit-il tout en écoutant son ex-femme, qui sait si je n'aurais pas pu, grâce à un surcroît de sagesse, transformer son manque de goût en une raison pérenne de l'aimer?

Ils discutent. Dans le téléphone résonnent sirènes, brouhaha, avions, un hélicoptère, un cri, une voix d'homme. De ce côté-ci de la ligne, Henk, assis à la table, corpulent, fatigué, a chaud, mais un sourire cerne ses lèvres. À quelques mètres de lui, Canaille gémit dans son sommeil, hédoniste, en vie grâce à un cœur qui bat encore.

Le soleil s'étant déplacé de quelques degrés, le jeu des à-plats d'ombre et de lumière, dans le salon, a suivi le mouvement. Depuis qu'il habite ici, Henk s'est familiarisé avec ce jeu. Ça lui permet d'évaluer l'heure avec précision, ce qu'il ne fait toutefois pas à présent: il s'est endormi sur le canapé. Décroché de son moi, son corps l'autorise à se reposer, car c'est là apparemment le sens que revêt « se reposer » – être libéré quelques heures durant de la clé d'étranglement que constitue la conscience. En d'autres mots, un moment approprié pour examiner Henk. Comme il a été dit, c'est un homme plutôt costaud, assez grand, au surpoids léger mais visible, à la tête ronde dont le sommet est couvert de courts cheveux grisonnants. Il a de grands yeux brun fauve, fermés pour l'instant, des yeux qui s'embuent lorsqu'il est ému, ce qui arrive régulièrement. Fournis et brun foncé – la couleur d'origine de ses cheveux –, ses sourcils, par leur mobilité, confèrent à son visage une grande expressivité. Petit et droit, son nez n'ajoute pas grand-chose à l'impression qu'il fait sur autrui. Sa bouche, enfin, est difficile à décrire. Il a des lèvres rigides, surtout la supérieure, si bien que, lorsqu'il parle, seule l'inférieure semble remuer, de façon plutôt mécanique, à l'image des marionnettes des *Sentinelles de l'air* qu'enfant il aimait regarder.

Pour celles et ceux qui sont plus jeunes que Henk : *Les Sentinelles de l'air* est l'une des premières séries télévisées animées ; elle traite de la Sécurité internationale, une organisation qui, grâce à sa supériorité technologique, malmène toutes sortes de racailles. Ses membres sont des héros aux mâchoires figées et aux tenues super modernes ; les fils visibles permettant de les actionner n'entamaient en rien cette modernité. Oh ! quelle exaltation quand une mission de sauvetage commençait et qu'on préparait au décollage l'une des impressionnantes machines des Sentinelles ! Henk adorait en particulier le Thunderbird 2, un avion de transport ventru aux caissons de chargement interchangeables. Imaginez le petit Henk le samedi soir, âgé d'à peine sept ans, maigre comme un coucou, sur ses petits genoux osseux devant la télévision en noir et blanc, dans un pyjama à rayures d'une douceur de velours à force d'avoir été lavé, les cheveux encore humides de la douche hebdomadaire, un verre de soda 3ES orange vif à la main, le regard rivé sur l'écran où le pilote du TB2 gagnait son appareil en passant par un système compliqué de toboggans (!), avant qu'une grande paroi rocheuse ne s'abaisse (!) pour permettre à l'imposant engin d'accéder à la plate-forme de lancement, à première vue une route ordinaire, mais dès que les palmiers s'écartaient (!), elle se transformait en une véritable plate-forme qui s'élevait (!) à environ trente ou quarante degrés, offrant aux moteurs hurlants la possibilité de propulser l'avion. Bouche bée, il avait le cœur qui cognait et les lèvres luisantes, mais pas à cause du soda qu'il avait tout à fait oublié et qui peu à peu tiédissait.

« Attention, nous approchons… Permission d'ouvrir le feu…

– Allez-y… et bon tir ! »

Et puisque nous sommes en 1968 : dans le salon d'Amstelveen, 11 avenue Pluimessen, il y avait, outre une télé noir et blanc, un canapé trois places vert olive, un fauteuil baquet pivotant marron, une table basse rectangulaire dont on pouvait retourner le plateau (acajou/contreplaqué blanc) et, sur une moitié de la largeur de la pièce et de la salle à manger, une étagère décorative qui accueillait, entre autres, une collection d'objets en verre coloré. Par intermittence, certains d'entre eux s'invitent dans la mémoire de Henk, un verre, une tortue naturalisée à laquelle il manquait une patte (à la place pendouillait, sous la carapace, du fil de fer), ou une pomme creuse en bois où l'on conservait des timbres, mais bien plus souvent un élégant cheval en bois, léger, vif et attachant en raison des bouts de corde hirsute qui figuraient la crinière et la queue. Quand il y pense, Henk ressent invariablement une grande tendresse, aussitôt suivie d'une vague tristesse, car il n'a pas la moindre idée de l'endroit où il a pu passer. Ses parents ne sont plus de ce monde, son frère aîné non plus, Freek est un barbare incapable de voir la beauté du petit cheval. Alors, où est-il ? Henk craint qu'il ait disparu dans un carton, lors d'un vide-greniers, ou qu'il ait été jeté dans la plus grande indifférence, voire abandonné dans un dépôt de l'Armée du Salut. Parfois, quand il est d'humeur poétique, il parvient à se convaincre que le petit cheval a été préservé, qu'il est quelque part, sur le rebord d'une fenêtre, et que de temps à autre des yeux attentifs se posent sur lui. Et cette attention, ces quelques secondes d'une observation appliquée, lui paraissent au plus haut point essentielles, afin que la vie – ici, maintenant, sous nos yeux – ne disparaisse pas tout aussi vite qu'elle a surgi, rien de plus qu'une ombre insignifiante.

Henk dort donc. Ainsi allongé, il met en évidence sa forte corpulence. Le relâchement consécutif au sommeil lui confère une apparence de morse qui, en plus d'occuper tout le canapé, paraît en déborder pour investir une partie significative du salon. Que Henk ne puisse jamais voir cela de ses propres yeux, c'est une bénédiction. Il en éprouverait une profonde humiliation. Il verrait un vieux gros plein de soupe au bout du rouleau. Cependant, l'observateur extérieur pourra bel et bien relever une certaine beauté et une certaine élégance. Elles résident dans de menus détails : ses oreilles, relativement petites et bien dessinées, dans lesquelles on ne décèle rien encore des pleurotes peu soignées qu'arborent bien des hommes âgés. En prime, ses oreilles, Henk arrive à les bouger, talent grâce auquel il amuse de temps à autre la galerie, à commencer par Rosa. Autre détail : l'inaltération de son front, rappelant celle d'une jeune fille, que, curieusement, il n'apprécie pas à sa juste valeur. Il trouve que ça fait *pédé*. Tout bien considéré, un jugement puéril, ce qu'il admet volontiers sans parvenir à s'y soustraire. Enfin, cela vaut aussi la peine d'observer de plus près ses mains. À première vue, elles ne sont pas belles : pas bien grandes, couvertes de poils peu fins, des gros doigts et des taches blanches sur les ongles ; en revanche, elles sont extraordinairement habiles, si bien qu'une fois en action, elles acquièrent une grande beauté. On peut le constater quand Henk, à l'hôpital, exécute les actes plutôt compliqués qu'implique son travail, comme la pose d'un bandage, d'une perfusion ou le changement d'un cathéter. Il les exécute avec une aisance et une précision qui confinent à la beauté. Peut-être a-t-il hérité cela de sa mère. Il garde deux ou trois souvenirs lointains et précis de ses mains à elle lorsqu'elle s'affairait à la maison. Des mains qui semblaient se détacher du corps et se déplacer à leur gré dans la cuisine d'Amstelveen ; que sa mère posât une casserole sur le feu, épluchât des pommes de terre ou saupoudrât de sel un plat, elles révélaient toujours une grâce magnifique à ses yeux, même si, bien sûr, une épithète comme *gracieuse* ne lui serait pas venue à l'esprit, puisqu'il n'avait que cinq ou six ans. Pour la contempler, il s'asseyait près d'elle, sur le rebord de la fenêtre, adossé à la vitre le plus souvent embuée, à laquelle collaient les rideaux blancs au motif de fleurs vertes et orange ; par suite, l'odeur du textile mouillé entrait dans une relation incommodante avec celles de la nourriture, pareille à la relation qu'entretiennent l'eau douce et l'eau salée dans l'embouchure d'un fleuve. À l'occasion, il se revoit assis sur ce rebord de fenêtre, de même qu'il revoit sa mère, son tablier, la façon dont elle écarte, en soufflant, une mèche de cheveux qui la gêne, et ses mains évidemment, leur danse, quand bien même celle-ci s'est arrêtée un mardi matin de 1986, par un temps pluvieux, après une rupture de l'aorte.

Manifestement, Henk est en train de faire un rêve : sous ses paupières, les globes oculaires s'agitent dans leur orbite. Peut-être s'agit-il d'un cauchemar, celui qu'il fait depuis quelques mois et qui occupe parfois son esprit. Si ce mauvais rêve se décline en plusieurs versions, il présente toujours la même substance : Henk habite un logement dont les limites sont floues, il se confond avec d'autres : il y manque certains murs ; de petites ouvertures dans les parois lui offrent une vue sur l'intimité d'autres vies ; il arrive qu'un inconnu entre dans la pièce où il se trouve, que Henk croit à tort être la sienne, et que, d'une seconde à l'autre, il ne reconnaît plus.

Henk analyse ce cauchemar comme une figuration du malaise latent que lui inspire son moi incohérent – la sensation de se désintégrer, de se disperser, de n'être que des grains de sable. Il comprend pourquoi ce malaise, en grande partie refoulé, resurgit malgré tout dans ses rêves : lorsque le cortex préfrontal lâche la bride, de vieux fantômes sortent des coulisses. Néanmoins, cette interprétation laconique lui paraît insuffisante. Du cauchemar émane un sentiment prégnant de menace, or ça, c'est nouveau. Avant, il éprouvait un malaise ; à présent, il s'agit d'une angoisse. Pourquoi ? Eh bien, se dit Henk, c'est sûrement l'angoisse qu'inspire la mort. Le cauchemar attire son attention sur l'issue finale et fatale de son moi incohérent. Dans les flottantes mutations du logement qui est bien le sien/ne l'est pas/l'est parfois/l'est peut-être, dans la perte de tout repère fiable, il est aisé de voir une préfiguration du corps qui se désintègre, se disperse, comme de la poudre, sous quelques mètres de terre humide.

D'accord, l'angoisse qu'inspire la mort, mais en attendant, Henk, ça le tracasse. La mort ne lui fait pas peur. Il estime cette angoisse un tantinet puérile. Non qu'il attende avec impatience son agonie, son trépas, bien sûr que non, mais être mort ne lui inspire nulle angoisse. Ainsi qu'il a pu le rappeler à Freek : une fois qu'on est mort, il n'y a plus rien en nous qui puisse faire l'expérience d'« être mort », alors pourquoi s'en faire ? À cette sérénité philosophique s'ajoute la conviction que la mort est une bénédiction : tout le bien en nous provient de *la tombe humide de notre naissance.* Il s'agit d'une simple loi économique : la valeur est assortie d'une limitation, en durée, en taille, en nombre. La finitude confère de la valeur à la vie. D'ailleurs (se dit-il parfois quand il est d'humeur douillette) :

la mort n'est-elle pas notre plus fidèle compagne ? Elle est là, dès les prémices ; comme notre ombre, elle nous accompagne à chaque pas, souffle après souffle, pour le meilleur et pour le pire, afin d'effacer, au bout du compte, le dernier sanglot de nos lèvres, et de nous offrir en cadeau une vie finie.

Par conséquent, que pourrait faire Henk d'une interprétation qui présente son cauchemar comme une manifestation de l'angoisse de la mort ? Eh bien, rien. Rien. Irrité, il hausse les épaules. Les rêves sont des rêves, les cauchemars sont des cauchemars, se dit-il, des fabulations dénuées de signification, assemblées par réflexe par des cerveaux somnolents, à partir d'éléments fortuitement disponibles... Rêves et cauchemars ne sont même pas une tromperie : ils sont absurdes. Toujours est-il qu'il ne redoute pas la mort. Point. Point final.

Entre-temps, le sommeil de Henk s'est apaisé, plus d'agitation dans les globes oculaires, plus de spasmes. En paix. Son rêve, son cauchemar est apparemment terminé. Sa bouche est restée entrouverte. Un filet de salive coule de la commissure sur sa joue, formant un voile grisâtre puisqu'il ne s'est pas rasé. Là où il s'étire, le filet de salive se cherche un lit, comme dans un désert où, après une longue sécheresse, la première eau se remet à couler, hésitante encore, signe avant-coureur de la mousson, ou quel que soit le nom que l'on donne à ce phénomène météorologique dans un désert.

Répétons-le : Henk n'a pas la possibilité de se voir, c'est là une vraie bénédiction.

VERS QUINZE HEURES, Canaille se réveille. Il ouvre les yeux, lève la tête et cherche Henk. Comme toujours. Il le découvre sur le canapé, endormi. Une vision qui le rassure suffisamment pour l'amener à reposer le menton sur le bord du panier. Les yeux restent ouverts. Le chien paraît calme, mais quiconque le connaît bien constaterait qu'il a une respiration un peu trop rapide. En outre, le fait qu'il n'agisse pas comme de coutume après un somme, à savoir se lever et gagner sa gamelle pour boire quelques bruyantes lampées d'eau, n'est pas sans susciter quelque inquiétude. Tant la respiration rapide que ce comportement inhabituel résultent, on le sait, d'une insuffisance cardiaque. L'insuffisance cardiaque se traduit par une circulation sanguine trop faible. À cause de cela, de l'eau risque de s'accumuler au niveau des poumons. Ce qui provoque une sensation de suffocation. D'où la respiration relativement rapide. Par ailleurs, cette insuffisance se manifeste par une fatigue que viennent renforcer la respiration intensive et la trop faible oxygénation des organes et des tissus.

Par conséquent, le chien préfère rester dans son panier. Il n'y a pas lieu de paniquer : ces symptômes ne signifient pas que l'insuffisance se serait soudain aggravée, ces choses-là n'évoluent pas aussi vite. Pour Canaille, l'heure des médicaments a sonné. Il serait donc opportun que Henk se réveille, d'autant plus qu'il a un emploi du temps à tenir. Sortir le chien, car à cause du traitement, celui-ci aura du mal à retenir son urine. Puis se préparer pour le barbecue de Freek, qui commence vers dix-sept heures. Comme il va s'y rendre en bus (ainsi il pourra boire : il ne saurait survivre à une telle sortie en se passant d'un saint patron alcoolique), il ne dispose pas d'une véritable marge de manœuvre.

Henk se réveille à son tour. Une bonne chose. Un réveil bien différent de celui de ce matin, alors que sa conscience s'était pointée en traînant les pieds. À présent, elle lui claironne à la figure : chaleur accablante ! soif ! Canaille ! insuffisance cardiaque ! médicaments ! barbecue ! Il y a des façons plus agréables d'émerger. Sans compter que les claironnements l'incitent à se redresser d'un coup : ça lui vaut un élancement dans les reins, qui le laisse sans riposte.

« Aïe ! »

Il s'affale et attend que la douleur s'estompe. Cela prend quelques minutes. Cette douleur lui est coutumière : depuis son hernie discale, le bas de son dos est un endroit sensible. Il doit prendre des précautions : il lève les pieds en l'air, prend appui sur les coudes, pose une jambe sur le parquet, puis la deuxième tout en tournant sur ses fesses sans se précipiter, et finit par se redresser sans ressentir la moindre douleur. Une fois assis, il voit Canaille qui n'a pas détaché les yeux de lui.

« Hé, mon p'tit bonhomme… »

À son habitude, le chien hausse un sourcil. Cependant, Henk s'aperçoit tout de suite qu'il respire trop vite. Il se lève, va remplir la gamelle d'eau, se souvient du conseil du vétérinaire : ne pas lui donner trop à boire, retourne à la cuisine pour en vider la moitié, puis regagne le salon où il pose la gamelle près du panier. Reconnaissant, Canaille se redresse et boit. Henk en profite pour aller chercher les médicaments que le chien avale sans regimber avec la dernière lampée. L'animal le regarde alors dans les yeux.

« Non, fait Henk, pas une goutte de plus, c'est mauvais pour ton cœur. »

La chaleur est épouvantable dans l'appartement. À cause de l'intensité du soleil, Henk ne distingue même pas le côté opposé de la rue. Il ouvre une des fenêtres et laisse les stores des autres baissés. Puis, à l'arrière du logement, il ouvre la porte de la cuisine pour créer un courant d'air. Ça va déjà mieux. Debout près du réfrigérateur, il vide d'un trait un grand verre de lait fermenté froid. Non, deux verres. Ça va encore mieux. Il pousse un profond soupir. Ça va dans le bon sens. Canaille est près de son panier, dubitatif, se rendant compte – on est tenté de le croire – qu'il s'agit d'une journée pas comme les autres au cours de laquelle se produisent des choses pas comme les autres. Henk comprend que le chien a besoin qu'il prenne une décision, mais lui-même n'est pas encore prêt. Il se sert un troisième verre de lait, qu'il boit à petites gorgées. La boisson est glacée au point qu'il ne sent plus son gosier. À présent, manger un petit truc. Il regarde autour de lui. Une pomme. Il croque dans la pomme. Comme elle est fade et farineuse, il la jette après la première bouchée. Et maintenant ? Il rouvre le réfrigérateur, prend le leerdam, en tranche un morceau et le mange. La culpabilité cherche aussi sec à le tenailler, il l'étouffe en prenant une deuxième pomme, tout aussi fade et farineuse que la première. Le contexte émotionnel ayant changé, goût et consistance n'ont en réalité plus d'importance – il s'agit désormais d'atténuer le sentiment de culpabilité. Il n'en laisse que le trognon. Après tout, une hostie, ça n'a pas non plus de goût.

Canaille s'est assis. Henk s'agenouille près du chien et s'adresse à lui.

« Canaille, mon grand, on va faire une promenade, pas longtemps, un petit tour, juste assez pour faire pipi. Pisser, c'est important, ça l'a toujours été, mais ça l'est d'autant plus maintenant. Accumuler de l'eau, c'est pas bon pour toi. Les cachets, c'est pour lutter contre ça. Ça va t'aider à mieux respirer. D'accord ? »

Canaille ne bronche pas. Toutefois, Henk voit qu'il l'a compris, pas au sens littéral bien sûr, mais au sens où le chien aurait la capacité émotive de saisir la teneur de ses paroles : le son des mots a convaincu l'animal que Henk sait ce qu'il fait. Or c'est fondamental. Henk est son maître. Le maître, c'est la mesure des choses. Ce que le maître fait ou ne fait pas, dit ou tait, donne ou prend, circonscrit le monde de l'animal de sorte que celui-ci sait où il en est et de quoi il retourne. Canaille sait donc où il en est et de quoi il retourne, et quand, un peu plus tard, tous deux marchent dehors, il pisse sur le premier lampadaire venu. Tout en pissant, il regarde Henk.

« C'est bien, mon p'tit gars… »

Le pressentiment d'un malheur imminent – la catastrophe atomique en cours mais qui n'a pas encore atteint la ville – a disparu. Rues et habitations se sont résignées à la canicule. Elles se contentent d'être ce qu'elles sont, dénuées d'ambition, toute énergie évaporée. En quelques minutes, Henk est trempé de sueur. Canaille, qui dans l'intervalle a uriné trois fois, a la langue qui pend. Ce qui rassérène Henk, c'est qu'à la différence de ce matin, elle est rose, ainsi qu'il se doit, et non blanchâtre. Il n'a pas conscience qu'il sourit, il sourit parce qu'il se souvient de la langue du chiot Canaille, une petite langue douce, rose, circonspecte, qui le réveillait de bon matin à cause d'un pipi ou d'un caca pressant. Mon Dieu, ce qu'il l'aimait, ce chiot ! Il se promenait avec lui, jouait avec lui, le cajolait. Il l'appelait et le voyait se précipiter vers lui, les petites oreilles telles des vaguelettes ondulantes, la langue rose hors de la petite gueule ouverte. Sans une once de honte, il déposait des bisous sur la truffe noire. Passait et repassait les oreilles soyeuses entre ses doigts. En examinait le pavillon, essuyait les larmes séchées au coin des yeux, inspectait la bouche, retirait des tiques de la peau rose lorsqu'il écartait par endroits la fourrure. Cette intimité, ils l'ont conservée. Henk se demande (ils reviennent sur leurs pas, empruntant une venelle ombragée à quelques enjambées de l'appartement) s'il en a partagé une qui allait autant de soi avec une autre créature vivante. Non. Pas avec l'une des femmes de sa vie, ni avec l'un des milliers de patients dont il a eu à s'occuper, pas même ceux parvenus au stade le plus avilissant. En outre, Henk se rend compte – ce qui s'accompagne de l'accès habituel de morosité que l'on pourrait, si on le souhaitait, décomposer en des éléments tels que le sentiment de culpabilité, la haine de soi et la fatigue existentielle, mais abstenons-nous-en – qu'il en serait autrement s'il était devenu père. Cette conviction, il la doit à Freek. Voilà comment ça s'est passé. À l'époque où ils se voyaient régulièrement, après la mort de Jan, Rosa est née. Lorsque Henk passait chercher son cadet, il le trouvait souvent en train de s'occuper du bébé. À chaque fois, l'intimité que père et fille partageaient l'avait frappé. Il voyait Freek la trimbaler d'un côté à l'autre de la pièce, la bercer, lui laisser suçoter son auriculaire afin qu'elle s'endorme, jouer avec elle, lui parler, lui sourire ; et il voyait la petiote regarder son père, dubitative, encore incapable de réellement fixer les yeux sur lui et de s'en remettre au back-office bien équipé d'un cerveau développé, n'exprimant pas moins l'intense désir de savoir qui était celui qui la portait, la tenait dans ses bras, lui chantait des berceuses et la changeait. Papa ! Henk prenait plaisir à les regarder tous deux, non sans éprouver de la peine, non sans penser à Lydia, au désir d'enfant qu'elle éprouvait, au désir d'enfant que lui-même éprouvait, à la raison pour laquelle ce désir demeurait inassouvi et à ce que cela sous-entendait.

Freek prenait le bébé, le soulevait au-dessus de sa tête et le faisait tourner.

« Regardez, Rosa vole ! »

Et elle volait en effet, la petiote, cette vie de quelques mois, au visage qui se contractait, bouche s'ouvrant et paupières se plissant, nullement de peur mais en guise de première ébauche de ce qui n'allait pas tarder à se faire adorable sourire.

Devant la porte d'entrée, de nouveau, Henk s'agenouille et prend la tête du chien entre ses mains. Canaille le regarde. Dans ses yeux, la mélancolie habituelle, ce cafard canin, une insondable compréhension de l'état de choses réel (la finitude de toute chose), qui, au bout du compte, est l'origine de la caractéristique première du *canis lupus familiaris* : sa faramineuse joie de vivre. Sous ses doigts, Henk reconnaît la forme oblongue du museau, la douceur de la fourrure, la chaleur des lèvres noires.

« Voilà, mon bonhomme », il prononce à haute voix, avec difficulté, car sa gorge se noue sous l'effet de la conscientisation aiguë du diagnostic d'insuffisance cardiaque, de son impuissance, de l'idée du sable qui file entre les doigts, bref, à cause du grand dessein dénué de toute valeur de l'existence du monde et de l'univers, « Voilà, nous sommes de retour à la maison, toi et moi… »

Henk prend une douche, se rase puis s'habille en prévision du barbecue. Il choisit un pantalon léger en lin et une chemise bleu ciel qui l'amincit un peu. Après quoi, dans sa chambre, la routine l'amène à se regarder dans le miroir de deux mètres de haut ; il se tourne de gauche à droite et de droite à gauche, passe une main sur son crâne et rectifie un dernier détail dans sa tenue. Un curieux comportement. Il s'habille en se conformant au présumé regard d'un tiers, lequel, au fond, n'est autre que sa propre personne ; ainsi, pendant une poignée de secondes, il se montre à lui-même sous son meilleur jour en se faisant passer pour une tierce personne. Il se redresse, étire ses omoplates, rentre le ventre et lève légèrement le menton. Il ne perd pas de vue que, d'ici quelques instants, il va se détourner du miroir, oublier ce tiers, et renoncera à tout effort pour se montrer sous son meilleur jour. Qu'importe, il ne parvient pas à se soustraire à ce comportement. Prisonnier entre deux pôles – la compréhension des choses et l'incapacité à agir en conséquence –, il sent poindre une tension. Celle-ci se manifeste par une raideur, une sorte de timidité qui, cette fois – après tout, il s'agit d'une de ces journées ponctuées par des phrases exclamatives depuis le réveil –, se fraie témérairement un chemin sous la forme d'une initiative aussi idiote que libératrice : Henk tire la langue au miroir qui lui retourne son geste avec un don d'imitation épatant.

Avant de s'en aller, il dépose un bisou à Canaille, sur le crâne. Le chien lève les yeux. Pendant une seconde, Henk croit que l'animal va lui faire un clin d'œil, mais heureusement, ça ne se produit pas. Dehors, la chaleur l'attrape par la nuque, comme il arrivait à son père de le faire au cours d'une balade, par exemple dans le parc sauvage d'Amstelveen, dans le but d'attirer son attention sur un arbre, une plante ou une fleur. Son père est mort il y a de nombreuses années. Il repose avec son épouse dans une tombe sur laquelle Henk se rend parfois, non tant par souci de commémorer ses parents que parce que c'est là qu'il sera lui aussi enterré.

« Tu vois, Canaille, ma place. Un bel endroit, tu trouves pas ? »

Le chien ne manifeste jamais la moindre réaction. Il n'a aucune idée de la destination de ce lieu. La grande majorité des défunts sont enterrés là depuis belle lurette, ils ne dégagent plus aucune odeur spécifique qui pourrait alarmer ou exciter un chien. Attaché au piquet de l'instant présent, Canaille suit des yeux un bourdon ou un papillon, renifle le gravier et lève de temps en temps les yeux sur le maître plongé dans ses pensées. Et lorsque le maître en émerge et répond au regard du chien, un sourire se forme spontanément sur ses lèvres, suscité par la franche oisiveté de l'animal, par l'extrême simplicité de son existence. Si Henk ressort à chaque fois requinqué du cimetière, Canaille n'y est pas pour rien.

L'arrêt de bus se situe près de la gare, à environ dix minutes de marche, une courte distance, mais comme il n'est pas en avance, Henk n'a d'autre choix que de presser le pas. Dans ces rues où ça cogne, il allonge pour de bon sa foulée. Au bout de quelques minutes, il sue comme un bœuf. Ce n'est pas si grave : le bus est climatisé, une fraîcheur d'oasis qui immerge Henk dans une agréable décontraction. Avant même qu'il se soit assis, le bus redémarre, si bien qu'il tombe sur le siège dans un *vlouff*: cela aussi, c'est agréable. Alors que le véhicule se faufile entre les habitations de la localité, il relève la tête de quelques degrés. C'est un truc qu'il a appris, gamin, à Amstelveen. En la penchant un tant soit peu en arrière, une autre rue lui apparaissait : une rue de deuxièmes et troisièmes étages, de toits et de cheminées, de cimes d'arbres, d'immeubles – ceux de l'avenue du Sport –, mais aussi de ciels hollandais se pourchassant les uns les autres loin au-dessus de lui, quoi qu'il se passât dans l'avenue Pluimessen, et sans que ceux-ci y prêtent la moindre attention, moins encore à ce petit bonhomme à la tête penchée en arrière. Cela lui procurait une sensation d'espace, de liberté et d'aventure à laquelle il aimait s'abandonner. Aujourd'hui, dans le bus, quelque chose de similaire se produit. Il recule la tête et voit des façades grises, des encadrements de fenêtre en pierre naturelle, des tuiles en ardoise, des cimes d'arbre ainsi que le clocher de l'église Saint-Laurent. Il voit le ciel, bien sûr qu'il voit le ciel, on finit toujours par le voir, et sous toutes sortes de formes, il raffole de ça, surtout de la cacophonie de gris, de blancs, de bleus et de violet foncé qui marque bien souvent la transition entre deux saisons, nuages semblables à des bateaux, à des vêtements effilochés, à des fruits éclatés, aux lignes nettes comme des lames de rasoir puis bavochant comme les couleurs d'une aquarelle, en ombelles grises, fanons de baleine, en averses, oh ! ce sont vraiment de splendides cieux !, sous de tels cieux il aime parcourir le polder car alors on oublie tout et…

Mais bon, aujourd'hui, le ciel au-dessus de sa vie ressemble à un immense drapeau d'un bleu juillet uni. Tout aussi magnifique, certes. Henk se remet à respirer. Invariable conséquence de ses errances là-haut : soulagé, il respire et sent l'espace augmenter dans son corps. Parallèlement à la décontraction qui l'envahit, le monde change radicalement de caractère. Une fois le bus sorti de l'agglomération, plus rien ne laisse présager un malheur imminent, pas de catastrophe atomique qui pourrait s'abattre à tout moment sur le monde, pas même une virulente vague de chaleur, juste un paysage estival ensoleillé, exactement comme il se doit – la Hollande dans ce qu'elle a de plus beau à offrir, un joyeux patchwork d'eau, de prés, de saules, de vaches et de moutons, ici un grèbe huppé, là des vanneaux, et même (ils longent à présent le Merwedekanaal) deux garçons blonds qui rament, leur canot dansant sur les vagues soulevées par l'étrave d'une grande péniche, l'*Andrea*, laquelle fait route vers Utrecht pour y livrer un chargement de charbon. Les garçons se sont levés, constate Henk qui tourne la tête pour mieux les suivre du regard, ils écartent les bras pour ne pas perdre l'équilibre. Henk sourit car il sait ce qui va se passer et *hop*, ça ne rate pas, l'un d'eux passe pardessus bord, *plouf*, et refait surface quelques secondes plus tard. À cause de la secousse, l'autre tombe à son tour, mais dans le canot ; il se redresse tant bien que mal pour tendre la main à son camarade.

La seconde suivante, ils sont hors du champ de vision de Henk. Pour suivre la scène, il a dû se retourner. Alors qu'il pivote pour reprendre sa position initiale, ses yeux s'accrochent à un autre passager, une passagère en réalité, qu'il reconnaît sans pour autant se rappeler où il l'a rencontrée. À son tour, elle le regarde. Il devine qu'elle est, elle aussi, prisonnière de la même sensation et tout aussi dépourvue que lui de mode d'emploi. Par conséquent, ils restent ainsi à se considérer, le visage aussi vacant qu'un écran publicitaire pendant une panne de courant, tout en cherchant fébrilement l'éclair de reconnaissance qui donnerait à la situation la tournure appropriée : par exemple qu'ils se sont connus il y a bien longtemps, ou qu'ils se croisent au supermarché, ou se sont déjà vus à l'hôpital. Ça s'éternise, au point d'en devenir gênant. C'est alors que la femme s'adresse à lui en souriant :

« Comment va votre chien ? »

Ça alors ! La femme de ce matin, celle à la péniche et à l'enclos bordélique, celle qui a eu la gentillesse d'apporter de l'eau à Canaille, ce qui, rétrospectivement, n'était pas très conseillé, mais il n'en savait encore rien et elle encore moins. Elle occupe un siège de l'allée opposée, deux rangées en retrait de la sienne.

« Bien. Enfin, pas si bien que ça en fait. On est allés chez le vétérinaire qui a diagnostiqué une insuffisance cardiaque.

– On dirait que c'est plutôt sérieux, alors ?

– Oui. C'est grave. Son cœur ne fonctionne plus comme il le devrait. Il ne pompe plus assez. »

Son cœur. Sa pompe. *Point final.* Oh non, se dit Henk, furieux tout à coup, pas question que ce soit le point final. Au contraire, l'aventure ne fait que commencer. Sur ce sujet, écrivains et poètes laissent libre cours à leur idiome, le cœur devient bien autre chose qu'une simple pompe, il devient un paysage entier… Qu'est-ce qui peut bien hanter des gens comme Saskia, un pareil manque d'imagination, cette maudite absence de poésie camouflée sous un esprit pratique ? Pratique ? Plat, ouais, voilà ce que c'est, un niveau culturel de bouffeurs de pommes de terre… Subitement, la colère qui enfle en lui est à deux doigts de menacer sa bonne humeur ; or tel n'est pas le but, certainement pas. Rien, sous aucun prétexte, ne doit menacer sa bonne humeur, aussi a-t-il l'excellente idée de songer juste à temps à la décontraction qui l'a envahi quand il est monté dans le bus. Se raccrocher à elle. Il relâche ses épaules. Il relaxe ses mains. Il respire avec son ventre.

« Oh ! le pauvre chéri. Mais c'est un beau chien, hein. Quelle race ?

– Un kooikerhondje. C'est une vieille race hollandaise. On les voit sur certaines peintures du Siècle d'or. Jan Steen par exemple. »

La femme est plus âgée qu'il ne l'a imaginé ce matin. Ses yeux et sa voix le trahissent. Il essaie de voir ses mains pour vérifier son hypothèse, mais n'y parvient pas. Mais si : il va s'asseoir à côté d'elle.

« Autrement, c'est pas facile de se parler. »

Elle sourit. Elle a un visage gracieux. Ses mains confirment qu'elle est plus âgée qu'il ne le pensait : elle a sûrement le même âge que lui. Comme plus tôt dans la journée, Henk capte son odeur, une odeur épicée, garam masala, un truc du genre. Charmant. Et attirante, elle l'est en effet. Une douceur émane d'elle, un fluide dirait-on, quelque chose contre lequel il aimerait se blottir. Elle s'est pomponnée, il le voit à présent : c'est peut-être pour cela qu'il ne l'a pas reconnue. Le maquillage la fait paraître, euh oui, quoi ? Plus jeune ? Ben non. Plus belle ? Non plus. Plus vive et plus gaie ? Oui, c'est ça, plus vive et plus gaie. Elle a envie de s'accorder du bon temps, c'est évident. Elle rayonne. Elle est déterminée à s'accorder du bon temps et c'est ce qu'elle va faire, qu'elle se rende chez des amis, dans un musée ou à un concert, à une exposition féline ou, qu'est-ce que j'en sais, à une foire de tracteurs ou de machines agricoles. Or voilà qu'une ombre se dépose sur son visage. Elle n'arrête pas de remuer sur son siège. Henk comprend qu'un malaise s'est installé, chez elle, et maintenant chez lui. Mais où a-t-il la tête ? Il a pris place à côté d'elle et, depuis, il n'a plus ouvert la bouche. Pas très cool. Ouvrir la bouche. Henk n'y réfléchit pas à deux fois et se lance dans une phrase :

« Vous allez à une foire aux tracteurs ?

– Comment ça ? Pas du tout. Qu'est-ce qui vous fait dire ça ?

– Oh, j'en sais rien, je me disais… Autrefois, on utilisait les kooikerhondjes pour acculer les canards dans une cage et les capturer. Le nom de cette race vient d'ailleurs du mot *kooi*, cage.

– Le vôtre, il s'appelle comment ?

– Canaille. C'est un surnom qu'on lui a donné quand il était petit, et pour une raison quelconque, ça lui est resté.

– C'était un vilain petit chien ?

– Non, pas du tout. C'est juste que les chiots, ça fait des bêtises. Ils rognent vos chaussures et les pieds de table, ils font leurs besoins où bon leur semble. C'est comme ça qu'on a fini par l'appeler canaillou, petite canaille, vilaine petite canaille. Canaille, donc. Mais vilain, non, il a toujours été gentil.

– Il a des yeux incroyablement doux. »

C'est vrai. Canaille a les yeux les plus doux de la Terre, c'est un fait indiscutable, mais jusqu'à présent, Henk croyait qu'il s'agissait de son *seul* fait à lui (et peut-être aussi à Lydia). C'est pourquoi il est à court de mots.

« Vous l'aimez beaucoup, j'imagine ? »

Bon sang de bonsoir, quelle question ! Elle ne tourne pas autour du pot. Que diable répondre à ça ?

« Je l'aime plus que toute autre créature vivante. »

Fichtre alors. Qu'est-ce qui se passe ? Qui ou quoi a pris la parole en lui ? Cette question, il n'a pas le temps d'y réfléchir.

« C'est agréable de voir quelqu'un capable d'aimer comme ça sans restriction. »

Henk reste silencieux. Il ne sait pas quoi faire. Cette femme est allée trop loin. Elle s'est approchée trop près. Comme si elle venait de se permettre, foutant pour la première fois les pieds chez lui, d'ouvrir le réfrigérateur. Elle est chtarbée ou quoi ?

« Je m'appelle Mia, dit-elle.

– Moi, c'est Henk.

– Je ne vais pas à un salon de tracteurs, mais à un concert. À l'église de Loenen. Un quatuor à cordes. »

Henk se remet en tête la décontraction de tout à l'heure, les avantages qu'elle offre, la simplicité qu'elle confère au monde, la joie de vivre qui s'accapare soudain le devant de la scène, et combien cela est essentiel : ce n'est pas tant manger et boire qui nous fait tenir le coup que la joie de vivre. Il prend une profonde inspiration ventrale, et abandonne son corps au siège.

« Canaille aime *La Lettre à Élise*.

– Vraiment ? Comment le savez-vous ?

– Quand je mets *La Lettre à Élise*, il s'immobilise, tête de guingois, sourcil dressé. Il adopte le même comportement quand il entend un vers précis des *Kindertotenlieder* de Mahler. Et *Una paloma blanca* chantée par le George Baker Selection. Cette chanson, de toute façon, il l'adore du début à la fin. »

La femme éclate de rire. Puis elle se met à chanter, d'une voix pure, l'un des vers de Mahler :

« *Nun will die Sonn' so hell aufgeh'n*...

– Ce n'est pas ce vers qui le touche, c'est le dernier : *Heil* – à son tour, Henk se met à chanter – *sei dem Freudenlicht der Welt*... Celui-ci, il l'écoute. À chaque fois. Toujours ce même vers.

– Un chien doué pour la musique, bon sang !... Vous croyez que tous les chiens sont comme ça ?

– Non, répond Henk avec conviction. Seulement Canaille. »

Elle se remet à rire. Henk sourit. Elle n'est pas chtarbée. Elle déborde de vie. Tout le contraire de Saskia. Les non-Saskia sont-elles à ce point devenues rares qu'il subodore une part de folie chez elles dès qu'il en rencontre un spécimen ?

Elle reprend la parole :

« Moi aussi, je reste sans bouger quand j'écoute de la musique, mais je ne crois pas que je tiens ma tête de guingois ou que je dresse un sourcil. Et vous ?

– Aucune idée. Je n'y ai jamais prêté attention. »

Le bus entre dans Loenen, ils approchent de la destination de la femme. Leur conversation s'interrompt. Peut-être sont-ils en train de se demander comment ils vont prendre congé l'un de l'autre : qu'en est-il au juste du lien qui vient de se créer entre eux, et quel est, ceci pris en considération, la façon appropriée de se dire au revoir ? Il est important de choisir le code social adéquat. Ce code va sous-entendre un jugement implicite sur le lien en question, un jugement qui va renfermer tous les possibles et impossibles d'une éventuelle suite. Voilà pourquoi une certaine fébrilité s'empare de Henk. Cette femme, il a très envie de la revoir. Il la trouve gentille, drôle et attirante. Combien de fois cela se produit-il ? La question, c'est bien entendu de savoir si ces sentiments sont partagés. Si jamais Henk évalue mal les choses et choisit le mauvais code, la femme risque de prendre ses distances et il ne la reverra plus. L'éventail est large. Il pourrait lui faire la bise, ce qu'il aimerait au fond, mais il est probable qu'elle réagirait mal. À l'autre bout de l'éventail : il pourrait se contenter de la saluer du menton au moment où elle le quittera, il risquerait de la voir tout autant prendre ses distances. Entre ces deux extrémités, où trouver le code approprié ? Doit-il lui serrer la main ? Et s'il le fait, doit-il en outre poser la main gauche sur sa main droite à elle ? Doit-il serrer Mia dans ses bras ? Lui donner son numéro de téléphone ? Lui proposer de se revoir ? Fixer un rendez-vous dans un café plus tard dans la soirée, disons à vingt-deux heures ? Un inépuisable réservoir de possibles ! Quiconque connaît un peu Henk pourrait discerner la précipitation de ses pensées. Il a les yeux agités. Ses sourcils bougent. Il a croisé les doigts et appuie la partie charnue de ses pouces l'une contre l'autre, à croire qu'il essaie de les aplatir.

Le bus s'arrête. La femme se met debout, pose une main sur le haut du siège devant elle.

« Je descends ici. »

Henk se lève précipitamment, recule dans l'allée, tout aussi précipitamment, toujours sous l'emprise du flux de ses pensées, de leur urgence, de la tension qui croît car la femme s'engage à son tour dans l'allée. Elle s'éloigne déjà. Il s'y prend trop tard ! Non, regardez, elle se retourne, un sourire aux lèvres, un sourire chaud et vivant, terriblement gracieux, puis elle pose une main sur la poitrine de Henk, là où beaucoup d'hommes portent une cravate, ce qui n'est pas du tout son genre à lui.

« Au revoir, cher Henk. Vous ferez un câlin de ma part à Canaille ? »

Et la voilà partie. Elle descend, tourne à droite, longe le bus et disparaît dans une ruelle. Quand le véhicule redémarre, Henk est toujours debout dans l'allée ; il constate seulement alors qu'il tient le bras gauche tendu devant lui, de façon énigmatique, il ne saurait expliquer comment ce geste a pu lui échapper, mais les faits sont les faits, son bras gauche est tendu et, au fond, cela ne peut s'expliquer que par une tentative de retenir la femme. Si tel est le cas, se rend-il compte aussitôt, c'est qu'il a échoué. Il ne l'a pas retenue. Il ne lui a pas même adressé un dernier mot, n'a rien laissé transparaître de son affection, encore moins donné son numéro de téléphone ou ne serait-ce que chuchoté qu'il avait très envie de la revoir.

Il a merdé ? Ce n'est pas le mot juste. Il a failli comme un moins que rien ! À cinquante-six balais, il s'est comporté comme un écolier timide. Il se recale dans le siège, au ralenti, abattu, le siège à côté du sien plus vide que le cosmos.

De la poudre, alors ? Oui, de la poudre. Rien que de la poudre ? Oui, rien que de la poudre. Mais de la poudre magnifique ! De la poudre poétique… Car observez la poudre sur ce siège, au sourire hébété sur les lèvres. Il aura suffi de quelques minutes pour que la défaite soit oubliée, tendrement recouverte du sucre glace de l'engouement amoureux. Poésie : la miraculeuse faculté qu'a la poudre de tomber amoureuse. Arrêtons-nous un instant là-dessus : la poudre qui tombe amoureuse… Ce n'est là qu'une de ses nombreuses métamorphoses. Avec la même facilité, elle se fait beauté, jouissance, bonté, honneur, équité, perspicacité, savoir, rationalité, mathématiques ou modèle standard de la physique des particules… N'est-ce pas formidable ? Oh ! que si ! Henk trouve ça formidable.

Concernant ce modèle standard : voici peu, Henk a compris qu'il fournit une description exhaustive de notre réalité terrestre depuis qu'il a été complété par la découverte du boson de Higgs. Tout ce que nous connaissons ici sur Terre, il nous est loisible de le décrire avec précision en termes de particules, pas au sens pratique bien entendu, c'est infaisable, mais en théorie. Ça lui coupe le souffle. Tout ! Quelle histoire ! Au départ, il y a un gros bang et cette boîte à magie de particules. Suit la formation des étoiles, des galaxies et des planètes, dont la Terre. Plus tard : la formation d'une atmosphère, la tectonique des plaques et la première vie. Ensuite : la cellule complexe, la sexualité et l'homo sapiens. Ensuite : les mines, les voitures et les accidents de la circulation dont on ne sort pas vivant. Ensuite : la mort d'un être cher, le deuil et la reconquête du goût de vivre. Ensuite : la philosophie, l'art et la science. Le miracle, c'est que chaque niveau ne porte pas atteinte à ceux qui précèdent ! C'est comparable aux échecs : les particules élémentaires sont les pièces tandis que le modèle standard décrit les règles du jeu. Sur cette base, on peut jouer une infinité de parties, non, pas une infinité, mais un nombre effarant de parties, des Catalanes ou des Grünfeld-indiennes, de bonnes ou de mauvaises parties, des parties jouées à l'intérieur ou dehors, dans l'hémisphère nord ou dans l'hémisphère sud, contre des gens de bonne composition ou de mauvaise humeur, et ainsi de suite, selon un nuancier en apparence infini, mais jamais en contradiction avec les règles du jeu.

Poudre poétique… Le premier vers du poème qui s'écrit dans le bus, c'est le sourire hébété sur le visage de Henk. Le deuxième, c'est le sentiment de jubilation dans sa poitrine, invisible, une caractéristique de son cœur en train de danser. Le troisième : Mia qui apparaît devant ses yeux, autant d'images extraites avec empressement de sa fraîche mémoire. Un examen approfondi de celles-ci, ce qu'il découvre en s'y prêtant, révèle, par exemple, la robe rouge qu'elle porte et qui lui va à merveille (quatrième vers), les élégantes sandales et un pied long et fin dans chacune d'elles (cinquième vers), l'imperceptible duvet sur les joues (sixième vers), la boucle d'oreille en forme de clé d'une portée musicale (septième vers), l'odeur délectable du garam masala (huitième vers)…

Le neuvième vers, c'est qu'il oublie de descendre. Lorsque le bus quitte Vreeland pour s'engager sur la route provinciale en direction d'Hilversum, il s'aperçoit enfin de son étourderie et crie :

« Stop ! »

Et bon sang, le chauffeur a l'obligeance de ralentir et de le laisser descendre alors qu'il n'y a pas d'arrêt ! Henk retourne dans le village. Ne tarde pas à transpirer, mais cela n'affecte pas sa bonne humeur. Il est endurant. On dirait vraiment un jeune gars. De la main droite, il tient un sac en coton, la formule du modèle standard imprimée dessus, et dedans la bouteille de vin pour Freek et Julia ainsi que le livre pour Rosa. Henk suit l'allée Spoor, atteint le Vecht où des bateaux de plaisance prennent du plaisir, traverse le cours d'eau et s'engage à droite dans la Voorstraat. Freek vit dans une maison qui paraît exiguë, mais une fois qu'on y entre, on est époustouflé par l'espace qu'elle recèle, sans compter le vaste jardin qui s'étend à l'arrière. Après avoir sonné, Henk survit au chaos qui règne au début de pareilles réjouissances, tout ce mouvement, tous ces corps, beaucoup plus que ce à quoi il s'attendait, des visages qu'il connaît, d'autres qu'il ne connaît pas, une logistique qui lui échappe, où se tenir, où s'asseoir, où se faire offrir un verre, ah, merci, comme c'est gentil, du Prosecco, très bien, et où donc est Rosa, oh tiens, la voilà.

« Tonton ! »

Sa nièce est splendide, une splendeur attribuable à sa jeunesse. Elle resplendit de fraîcheur, de pureté et d'intégrité. Elle est gaie. Le soleil la cherche et l'éclaire: elle rayonne. Alors qu'elle le serre dans ses bras, il respire un parfum d'agrumes, non un parfum, mais une propriété de sa peau. Elle a dix-sept ans et, avec ses dix-sept ans, elle est à même de porter le monde entier, les doigts dans le nez, bien que, Dieu merci, elle n'en ait pas conscience. Il l'étreint aussi fort qu'il l'ose.

« Comme tu sens bon ! lui dit-elle.

– La transpiration ?

– Non, tu sens bon, je te dis. Ça rappelle un plat indien ou quelque chose comme ça. T'as un nouvel aftershave ? »

Ils sortent dans le jardin. Au fond, contre une palissade de branches de saule, le barbecue fume. Freek se tient tout près, un tablier de cuisine bleu foncé passé sur sa chemise. À l'aide d'une pince, il tisonne les charbons.

« Regardez qui voilà, mon grand frère… »

Freek prononce ces mots d'une voix traînante et en gloussant, comme s'il faisait une plaisanterie. Peut-être est-ce le cas, mais avec lui, Henk ne sait jamais à quoi s'en tenir.

« T'as déjà trouvé la star de la soirée, je vois…

– C'est elle qui m'a trouvé… Ça te va bien, ce tablier.

– Merci. T'as vu ce qu'il y a dessus ? »

Il se tourne vers Henk et tire un peu sur le tissu afin que ce dernier puisse déchiffrer le texte. *Mister Good Lookin' is Cookin'*. Henk sourit. Il sort la bouteille de son sac et la tend à son cadet, lequel entreprend illico d'étudier l'étiquette. Sans lunettes, il doit tenir la bouteille à une certaine distance de sa tête. Déchiffrer le texte lui coûte un effort. Sous cet effort, il relève la lèvre supérieure, affichant une expression plutôt comique qui tient du lapin.

« Pas mal », finit-il par dire en fixant Henk, de façon bizarre en réalité, comme s'il le jaugeait par-dessus une paire de lunettes imaginaire en forme de demi-lune. « Pas mal du tout… Merci. »

Il jette un regard circulaire et lève la bouteille plus haut encore, comme un trophée.

« Julia, un bon médoc. De la part de Henk. »

Julia agite la main, mais poursuit sa conversation avec une femme replète vêtue d'une courte robe noire constellée, au niveau du ventre, de sequins. Un châle rouge enveloppe ses épaules. Henk reconnaît la céramiste : Janet, non, Frédérique, non, Sonia, non plus, peu importe, qui a un atelier dans le village. Elle fabrique des vases représentant des corps féminins stylisés, figurations de la Terre Mère, si Henk a bien compris. Elle le lui a expliqué un jour au cours d'une conversation qui s'est déroulée comme une maladie en phase terminale, insupportable et à l'issue fatale, à savoir la résolution prise par Henk de ne plus jamais échanger un mot avec elle. La raison pour laquelle Freek et Julia sont si proches de cette femme lui échappe.

« Tiens, dit-il à Rosa, j'ai aussi un petit quelque chose pour toi. »

Ils reviennent sur leurs pas et s'asseyent au calme à la table de la cuisine. Rosa déballe le paquet.

« Merci. Ça parle de quoi ?

– L'histoire d'un garçon au seuil de… Comment dit-on ça ? Au seuil de l'âge adulte, même si cette formule fait trop sérieux.

– Tu veux dire un roman d'apprentissage ?

– Oui, bon sang, c'est ça, un roman d'apprentissage. Bref, à l'école, il tombe amoureux d'une fille, Rosa, c'est grâce à ça que j'y ai pensé. Mais je l'ai acheté parce que je l'ai lu quand j'avais plus ou moins ton âge. Je l'ai adoré, donc je suis très curieux de savoir ce que tu vas en penser… »

Il s'attarde sur l'histoire. Parle de la pauvreté à Amsterdam et au sein de la famille du cordonnier à la fin du XIXe siècle, des rêveries de Kees. Évoque la façon de marcher en battant des bras comme si on risquait à chaque pas de tomber en avant. On les bouge très vite, on peut tenir longtemps, ça se fait presque tout seul. Il décrit la scène finale – sa préférée – en détail. Après l'école, Kees va et vient dans les rues dans l'espoir de croiser Rosa. Et bien entendu, la rencontre se produit. Rosa est moins timide que Kees. Le temps de quelques pas, elle lui prend même le bras et pose la tête sur son épaule. Rassemblant son courage, il lui prend la main. Ils font un bout de chemin ainsi, main dans la main, en marchant à la même cadence. Kees lui annonce alors qu'il quitte l'école pour entrer au service d'un patron, dès le lundi, en tant que jeune employé, mais avec de bonnes perspectives. Ce n'est pas ce à quoi il aspire, le lecteur le sait ; il préférerait faire des études, mais l'argent manque à la maison. Kees joue les durs, là réside peut-être l'essence de toute histoire de passage à l'âge adulte :

l'enfant sous nos yeux tente de porter l'être qui s'apprête à devenir adulte. Aux yeux du monde, Kees est la détermination incarnée ; en son for intérieur, il est un garçon rongé, depuis le début de l'après-midi, par un cafard indéfini qui, par instants, l'amène au bord des larmes. Ça n'échappe pas à Rosa. Elle lui dit qu'elle voit combien il est triste et que, même s'il se cachait, elle l'a surpris ce matin en train de pleurer en classe. En un éclair, elle lui saute au cou et l'embrasse deux fois, trois fois sur la joue, près de la bouche. *Chéri bibi* ! Puis elle se détache de lui, fait volte-face et détale. Kees la suit du regard. Il rit et pleure en même temps.

« On arrive alors à la dernière scène, dit Henk. J'ai jamais pu la lire sans avoir les larmes aux yeux. Rosa a filé. Kees rentre chez lui en longeant un canal silencieux et sombre. Il entend de la musique, une musique gaie qui lui remplit les oreilles... C'est écrit noir sur blanc. Il se sent comme un capitaine de vaisseau, fier, confiant et heureux... Ça aussi, c'est écrit. Et puis vient la dernière phrase. Passe-moi le livre. Écoute : *Et les gens qu'il croisait ou qui le dépassaient ne savaient pas que là allait un garçon qu'aucun obstacle n'arrêterait dans la vie, à présent qu'il était lancé; tous croyaient que c'était un garçon quelconque, un garçon encore sans histoire, un garçon qui marchait là comme tout le monde*... N'est-ce pas... Tu trouves pas que... Je veux dire...

– Voyons, tonton...

– Excuse-moi... »

Ils sont là, assis à cette table, Henk grand et maladroit, Rosa jeune et magnifique. Elle pose une main sur l'avant-bras de son oncle.

« Je le lirai dès demain. »

Il hoche la tête. Il se demande pourquoi les phrases de Theo Thijssen le touchent tant, en cet instant, ici, dans cette maison cossue où il est tout à fait inapproprié de se mettre à pleurnicher. Il se fait vieux, oui, vieux et sentimental. La jeunesse éblouissante de Rosa place les décennies qu'il porte en lui dans une perspective trop crue. Il vieillit ? Il *est* vieux. La plus grande partie de sa vie est révolue. Évanouie. *Pfuitt.* Avec un peu de veine (et une diète), il lui reste plus ou moins vingt-cinq ans et c'est tout. Vingt-cinq ans !

Il s'essuie les yeux avec le mouchoir en papier que Rosa vient de lui tendre, mais il a l'air absent, absorbé par une nouvelle pensée, beaucoup plus réconfortante que la précédente, qui lui vient à la suite de l'estimation de son espérance de vie. S'il ne lui reste que plus ou moins vingt-cinq ans à vivre, eh bien, il n'y a pas une seconde à perdre ! Il va prendre la vie à la gorge et ne plus la lâcher ! Il sent de l'énergie affluer dans son corps. Il aimerait aller serrer la main de tout le monde, mais s'en abstient. Il se mouche et sourit à sa nièce. Il éprouve un certain soulagement. Il se répète : pas une seconde à perdre. Il se répète : prendre la vie à la gorge et ne plus la lâcher. Puis il se dit : *tout à l'heure, passer chez Mia…*

Julia entre dans la cuisine. Elle affiche l'enviable aisance de toute maîtresse de maison qui se respecte. Elle s'avance en tenant une bouteille de Prosecco perlée.

« Henk, mon grand, une goutte ? »

Et l'embrasser…

« Il promet, le médoc. On adore ça. Voilà… »

Et la déshabiller…

« Bon, je fais un dernier tour pour servir des bulles, mais après, tu me diras comment tu vas. Promis ? »

Et la pénétrer…

Comment ? Il recule soudain sa chaise, effrayé, heurte le plan de travail où se trouvent apparemment des verres puisqu'il perçoit leur tintement. Pendant une seconde ou deux, un modique malheur plane dans l'air, des verres qui tombent, des têtes qui se tournent, une âme généreuse et pragmatique qui s'avance, balayette et pelle à la main, mais rien de tout cela ne se produit car les verres restent en place.

« Viens », lui dit Rosa.

Elle le prend par le bras, le conduit dans le jardin. Elle le présente çà et là. Il parle, il hoche la tête. Infirmier en soins intensifs. Non, pas trop dur, la souffrance n'est-elle pas partout ? Et vous ? RH. Ah. Il boit. Rosa disparaît. Il va et vient. Il aperçoit la céramiste. Il l'esquive. Le soleil baisse sans pour autant que la chaleur diminue. Freek évolue dans les fumées du barbecue. Oui, infirmier en soins intensifs, c'est ça. Mais non, pas dur du tout, la plupart des patients sortent vivants de l'hôpital, ils vont mourir chez eux, ha ha ha. Freek lui fourre une assiette en plastique dans les mains. De la viande. Il mange. Il boit. Il va et vient. Revoici Rosa. Elle lui adresse un clin d'œil. Il lui adresse un clin d'œil. Elle est magnifique. Il se sent seul. Il se cogne à Julia. Elle commence à parler d'un problème au bureau, mais s'éloigne avant d'avoir fini son histoire. Il boit quelques gorgées de plus. Il boit pas mal. Infirmier en soins intensifs ? Pas du tout, RH. Il va et vient. Revoici la céramiste, mais il est encore alerte, il se faufile adroitement entre les invités et hop, Henk a disparu. Il trouve refuge dans le salon désert, boit quelques gorgées de plus.

Oh ! que oui, se dit-il, alors que l'alcool se fraie un chemin dans son sang en se dandinant, pas le moindre doute.

Il lui faut la pénétrer.

« Dis donc, rassure-moi, tu ne cherches quand même pas à m'éviter ? »

Pour la énième fois : que Freek et Julia soient amis avec la céramiste, c'est un vrai mystère. Ils possèdent au moins trois de ses affreux vases. Ils dînent avec elle deux ou trois fois par semaine. Elle les accompagne régulièrement dans leur résidence secondaire en France. Rosa lui a raconté qu'elle travaille là, dans la cour, nue à l'exception d'un tablier. Rosa a gloussé en décrivant les fesses blanches comme du talc et plutôt volumineuses, qui trémulent à chaque mouvement qu'elle fait avec son pied pour activer son tour de potier. À présent qu'ils se font face – elle presque aussi grande que lui, dans une robe noire constellée de ces misérables sequins sur le ventre bombé, une main sur la hanche, un genou légèrement plié de biais à l'instar des jeunes filles –, il visualise ces fesses blanches comme du talc, leur légère trémulation pareille à une admonition. Freek craque-t-il pour la céramiste ? Julia craque-t-elle pour la céramiste ? Ont-ils, mon Dieu, comment Henk parvient-il à formuler cette idée dans sa tête sans se noyer dans un océan de dégoût, ont-ils une forme de complicité sexuelle ?

« Comment va le grand frère de Freek ?

– Il est mort. »

Ce qu'il dit n'a aucune importance. Elle ne va pas tarder à se mettre à parler de sa propre personne, de ses vases de merde, et ne s'arrêtera que lorsqu'il l'aura supprimée, pardon, que lorsqu'il sera parvenu à se carapater en avançant une échappatoire qui, sans tomber dans la goujaterie, frisera celle-ci.

« T'es bourré ? »

Henk se marre à part soi en voyant les yeux de la céramiste se rétrécir et une expression de défiance s'installer sur son visage charnu lorsqu'elle lui pose cette question. Tout à coup, il sent qu'une conversation fructueuse, non, disons divertissante, pourrait naître. À condition de semer un peu de confusion. Il lui faut choisir des mots qui transgressent d'un rien l'habituel, le bienséant, le convenable, le rationnel, le conventionnel, le tolérable et la sociabilité, des mots qui ne répondent pas à ce qu'un interlocuteur attend de vous sans pour autant forcer le trait, de sorte que la céramiste ne sache plus à quel saint se vouer et que la chair de son visage ne cesse de passer d'une expression à l'autre, en quête de la plus appropriée, jusqu'à ce que, par épuisement, elle se fige à l'état limbique, toute expression effacée à l'exception d'un soupçon de perplexité – celui avec lequel les premiers humains ont regardé le monde qui les entourait. Mais Henk a trop cogité.

« Depuis qu'on s'est vus, je me suis mise à la peinture. Des nus. Rien de déjanté, juste du bon goût. J'aimerais que tu poses pour moi. D'après Freek, tu serais plutôt partant pour ce genre d'expérience. »

L'enfoiré. Henk laisse échapper son regard par la porte coulissante ouverte, dans le jardin où, au fond, s'élèvent toujours les fumées du barbecue vers le ciel à présent vespéral. Il voit Rosa, mais pas Freek. Elle se tient appuyée contre un grand gars maigre, un bras passé autour de sa taille. En pleine conversation. De son bras libre, elle fait des gestes. C'est alors qu'elle voit son oncle. Elle lui adresse un clin d'œil. Il lui adresse un clin d'œil. Puis, le fixant, elle sourit et s'amuse à pointer un doigt sur ses propres fesses.

« Si tu passes à mon atelier, je te montrerai ce que je fais. Tu connais l'adresse, pas vrai ? Quand tu sors d'ici… Mais attends, pourquoi on n'irait pas tout de suite, c'est à deux minutes à pied… »

Henk n'a pas une seconde à perdre. Bien que la femme soit toujours plantée devant lui, main sur la hanche, genou légèrement plié, quelque chose dans son corps en robe noire se dirige déjà vers la porte pour le précéder en direction de l'atelier. Or il ne doit surtout pas laisser les choses aller plus loin. À la situation actuelle ne doit en aucun cas en succéder une où il se retrouverait seul avec elle.

« Non, dit-il, pas possible. Il faut que je parle à Rosa. Et à Freek. Sans compter que j'ai un rendez-vous, après le barbecue, avec une femme particulièrement attirante. Et là, je dois pisser. Pardon. »

Hop ! il s'éloigne. Quand il le faut, Henk sait faire preuve de promptitude. Et d'agilité : un athlète de première. Il est déjà dans le couloir, près des toilettes, mais il voit l'escalier ; or, à l'étage, il y en a aussi, ça lui semble plus sûr, donc il monte d'un pas preste, deux marches à la fois, voici le palier, et là les toilettes, là, on y est. Il verrouille la porte. Il est en sécurité. Il est saoul, ça c'est vrai, il a même la tête qui tourne un peu, aussi s'assied-il sur le couvercle. Est-ce cette position qui lui fait prendre conscience qu'il a réellement envie de pisser ? Il se lève, soulève le couvercle, baisse son pantalon et se rassied. Comme il a retenu son urine trop longtemps, il a la vessie contractée, le jet se réduit à un filet insignifiant ; depuis quelques années, cela lui fait penser, en général de façon fugace, à une contraction de la prostate. En attendant, il pisse ; bonne nouvelle, le filet se fait plus dru. À rester assis, Henk remarque combien il est fatigué. Il met la tête dans ses mains et ferme les yeux. C'est plutôt agréable. Petit à petit, la tension qu'il a accumulée pendant la conversation avec la céramiste s'évacue, ce qui a pour effet de raviver la décontraction éprouvée dans le bus, cette tranquillité et cette paix si simples, empreintes de fraîcheur, qui ont fait resplendir le monde et lui ont apporté Mia. Où peut-elle bien être ? Le concert est-il terminé ? Était-ce beau ? A-t-elle pensé à lui ? Sent-elle toujours aussi bon ? A-t-elle déjà dîné ? Si oui, quoi ? Est-elle en train de contempler la belle lumière du soir ? Il prend son téléphone, rempli de l'espoir magique d'y découvrir un message qu'elle lui aurait envoyé. *On prend un verre ensemble tout à l'heure ?* Oui, avec plaisir, et ensuite chez moi, au lit, avec toi, pour que je puisse te pénétrer.

Ah ! Henk ! En se lavant les mains, il se regarde. C'est moi, se dit-il. Manifestement.

De retour sur le palier, il perçoit les bruits de la fête. Par une fenêtre basculante ouverte, il voit le jardin. Il voit Freek qui porte toujours son tablier, debout, en pleine conversation, mangeant entre deux phrases, contraint de se livrer à la gestuelle caractéristique d'une soirée barbecue, même à supposer que l'on fasse abstraction de tout le décor : vite, il se penche en avant pour enfourner un bout de merguez qui tente d'échapper à sa fourchette, car l'assiette en plastique s'est ployée au moment où il a planté les dents dans le bout de viande, lequel menace donc de tomber, sur la pelouse ou ailleurs, avant d'atteindre sa bouche. Réussi. Freek se redresse, mâche, opine du chef, s'essuie les lèvres du dos de la main où traîne un peu de sauce, prix de son tour de passe-passe improvisé. Il ressemble à Jan, constate Henk, et ce n'est pas la première fois. Grand, mince, dégingandé. Jan est mort dans un squat, décharné et vidé, malade, désespéré, seul, à bout. Pour à peu près tout le monde, sa mort a été un soulagement : elle a mis fin à des décennies de souffrance, de misère insondable, pour Jan lui-même, mais aussi pour tous ceux qui l'ont côtoyé. Les psychoses, les drogues, les vols et les mensonges, la violence, la dégradation de sa santé, les tentatives de suicide, les quasi-overdoses, bref, il n'y a aucune raison de revenir là-dessus en détail, on ne s'y est que trop souvent adonné. Une première chose importe : il n'est guère difficile de se représenter le soulagement général. Une deuxième : ce qui a rapproché Henk et Freek dans les mois qui ont suivi, c'est le fait qu'eux ne se sont pas sentis soulagés. Au contraire : le soupir collectif de soulagement, le fatalisme apaisé qui a régné dans les jours et les semaines qui ont suivi le décès – l'absence de la moindre note détonante, de protestation, de colère, de dénonciation de l'invraisemblable cruauté d'un pareil destin –, les avaient pris tous deux à la gorge. Ils étaient affligés : ils avaient perdu leur grand frère.

Freek, voit-il, est en train de slalomer parmi les invités pour retourner devant le barbecue. Une main sur une épaule ici, un trait d'esprit là : on dirait un politicien qui traverse une assistance acquise à sa cause avant d'aller débiter ses boniments au micro. Depuis la terrasse, la céramiste se lance à la poursuite du maître de maison. L'image d'un politicien ramène Henk à *Taxi Driver*, à Travis : le crâne rasé, un pistolet dans la poche intérieure, un sourire figé sur les lèvres, il se dirige vers le politicien pour éradiquer une fois pour toutes ses mensonges. D'un coup, la scène dans le jardin devient captivante.

Freek regagne le barbecue, la céramiste le suit à distance, slalomant comme lui parmi les invités, mais à la manière d'un robot, focalisée sur l'homme qui est sans doute son amant, ou qui la reluque quand, dans les bras de Julia, elle se livre à, stop, mieux vaut ne pas y penser. Aucun attentat n'est à déplorer. Au milieu du jardin, la céramiste se retrouve absorbée par un petit groupe, tel un spermatozoïde par un ovule, et se met aussitôt à parler avec animation, à croire que de la vie vient effectivement d'apparaître. À quelques mètres de là, Freek a déjà étalé une nouvelle fournée de viande sur le barbecue, ignorant qu'il vient d'échapper à une poursuite, absorbé quant à lui par ce qui cuit sur la grille noircie et graisseuse.

Leur grand frère. Quand Jan revenait dans leurs conversations, ce n'était jamais celui qu'ils avaient vu sombrer, mais le grand frère qu'il avait été à treize ou quatorze ans, par exemple celui qui avait osé se risquer sur l'étang d'Amstelveen en utilisant une vieille porte en guise de radeau, sous le regard de Henk et de Freek, apeurés, nerveux en même temps que fiers. Il était tombé dans l'eau glacée avant de réapparaître à la surface, de remonter sur la porte et d'adresser un large sourire aux deux garçons plantés sur la rive bourbeuse. Ils avaient perdu leurs parents bien longtemps avant le décès de leur frère. Depuis longtemps aussi, Jan avait perdu ses amis. À l'exception de ses cadets, plus personne n'éprouvait de la fierté en se souvenant de lui. Peut-être était-ce cela, cette fierté, cette disposition à l'appeler *grand frère*, qui avait autorisé le chagrin, les avait rapprochés dans cette allergie au soulagement.

Toujours devant la fenêtre ouverte sur le jardin, mais sans plus relever grand-chose, Henk éprouve les mêmes sentiments que plus tôt dans la journée, ce matin, après le coup de fil avec Freek : le souhait qu'ils soient plus proches l'un de l'autre, d'aimer davantage son frère, de remonter le temps jusqu'à ce tournant où ils ont commencé à s'éloigner l'un de l'autre, afin d'intervenir et d'opérer un meilleur choix que celui fait à ce moment-là et, au bout du compte, de ne pas avoir à se trouver là en train de se dire des choses pareilles.

Il a atterri dans la chambre de Rosa. Comment et pourquoi, ce n'est pas très clair. Est-il redescendu auparavant ? À la recherche de vin ? Oui, apparemment, puisqu'il tient un verre plein dans la main et, à ses pieds, il y a une bouteille presque pleine. Mais pourquoi être remonté, pourquoi être entré dans la chambre de Rosa et pourquoi s'être assis sur son lit ? Henk n'en sait rien et s'en fiche à vrai dire. Il est assis sur le lit de Rosa et il boit du vin. Point. Ce vin, c'est d'ailleurs le médoc qu'il a apporté pour Freek, et qu'il, ah oui, ça lui revient, qu'il a trouvé à la cuisine, près de l'évier, sur le plan de travail, qu'il a débouché et monté jusqu'ici. Bien, ça au moins, c'est éclairci. Par bonheur, il est pas mal du tout, ce pinard, car c'est déprimant de payer cher une bouteille qu'on ne prend aucun plaisir à boire. Il hume les arômes. Une pointe de cerise, un soupçon de rose. Le genre de trucs que Freek sort comme si de rien n'était, une aisance, un sans-gêne enviables en réalité, gage de liberté, d'espace conquis. On le constate à sa façon de bouger, cette aisance, cette nonchalance.

Mon Dieu, il est fatigué. Il prend une gorgée. Excellent. Une pointe de chatte et un soupçon de nichons. Cette fois, se dit-il, c'est le bon moment pour se demander s'il existe une complicité sexuelle entre Freek, Julia et la céramiste. Ou pour formuler les choses plus clairement : baisent-ils ensemble ? Ou plus clairement encore : Freek s'approche-t-il subrepticement d'elle, dans la cour de sa résidence secondaire, le membre dressé, et l'attrape-t-il par ses trémulantes…

Non. Autre sujet. Encore un peu de vin. Le livre qu'il a offert à Rosa est sur le bureau. Quel bordel, le bureau de Rosa ! Sa chambre n'est d'ailleurs qu'un grand bordel. Qu'en déduire sur elle ? La pièce où Lydia travaillait était également un invraisemblable bordel. De temps à autre, elle se lançait dans une tentative de rangement. Ça ne marchait pas. À chaque fois, elle s'emberlificotait dans un système censé être un agencement impeccable de boîtes d'archives, de dossiers et chemises, d'étagères où caser tous les livres et toute la paperasse (sans oublier les mouchoirs en papier, les paquets de chewing-gum, le fil dentaire, le paracétamol, les serviettes hygiéniques…). Ça n'a jamais abouti. Ces systèmes n'existent que dans l'imagination des gens. Le monde a la fâcheuse tendance à laisser traîner des scories, des effilochures, un ultime tas de bricoles impossibles à catégoriser et que, en désespoir de cause, on stocke dans les *divers*. Divers : une notion qui en dit long sur le réel. Henk part du principe que les scories sont une conséquence de la deuxième loi de la thermodynamique, de l'entropie toujours croissante, qu'elles sont donc tout à fait normales, voire nécessaires, mais en attendant, elles nous restent sur les bras. Heureusement, Lydia, ça ne la perturbait pas très longtemps. Elle se rasseyait à son bureau et le bordel repartait de plus belle. Quant au bordel dans la chambre de Rosa, eh bien, elle a dix-sept ans.

Ainsi les pensées de Henk vagabondent-elles, sans ligne directrice ni cohérence, rien de bien intéressant, une conséquence de la quantité considérable d'alcool qui circule dans son sang. Dans l'intervalle, son œil est attiré par un objet sur une étagère au-dessus du bureau, un objet important – constat qui ne s'est pas encore imposé à son esprit. L'objet revêt une belle forme stylisée. Il est fait de bois et de corde. Alors qu'un rai de soleil l'éclaire, il semble sur le point de s'animer.

Le petit cheval de bois ! Henk pose son verre, se lève, s'empare du jouet, l'examine, se retient de le câliner, il est tellement content, tellement heureux et ému que cet objet qu'il croyait perdu existe encore, qui plus est dans la chambre de Rosa, sa splendide nièce, et oh ! tiens, ça y est : il câline le petit cheval dans ses bras. Il le presse contre sa puissante poitrine, ferme les yeux et *câline* en effet l'émouvant animal en bois.

Henk ressent une joie énorme, et ça ne s'explique pas uniquement par l'alcool. Le jouet n'a pas été jeté ni bazardé, c'est Rosa qui l'a gardé ! Il ne doute pas une seconde que sa nièce le contemple de temps en temps avec une grande attention.

Ce qui lui sera utile. En contemplant les choses de la sorte, elle pourra relier au monde réel l'histoire qu'elle se fabrique et dans laquelle elle évolue, l'empêchant ainsi de dériver, de flotter et de finir en une illusion. Ce qui revient en même temps à regarder la réalité en face. Mais pour Henk, il y a plus important encore : c'est aussi une question d'intégrité, d'honnêteté intellectuelle. La vérité compte et, à ses yeux, l'effort qu'il faut faire pour la découvrir est une quête noble. Contempler de temps à autre, au-delà de toute histoire, est donc un acte noble quand il s'agit de voir ce qu'il y a réellement à voir. Par exemple constater que le petit cheval est fait d'un bois léger, peut-être du poirier ; que sur le flanc, le bois est bossué, une altération qui, si l'on s'y attarde, suscite un sentiment de pitié, vague certes, mais sincère ; que la crinière est fixée à la nuque sous la forme de touffes de corde éraillée, dans des petits trous dont deux sont orphelins ; que la queue est tressée, mais dénouée à l'extrémité et donc tout aussi éraillée que la crinière.

« Mais qu'est-ce que tu fais ? »

Rosa se tient dans l'embrasure de la porte. L'amusement se lit sur son visage. Elle ne semble ni surprise, ni effrayée, ni irritée que Henk transgresse ainsi sa sphère privée. À raison, elle trouve la scène comique. À cela s'ajoute le fait qu'elle est pompette. Ayant descendu quelques verres de vin – en cachette de son père –, elle ressent l'exquise griserie de l'alcool, l'aisance, la légèreté, la simplicité, et ne voit que la dimension comique de la scène : son oncle préféré qui presse tendrement un cheval de bois contre sa poitrine.

« Tonton, tu sais que t'as l'air très heureux ? »

Henk ayant picolé lui aussi, l'irruption de Rosa ne l'a pas fait sursauter, il ne ressent aucune gêne. Il sourit, acquiesce et dit :

« C'est le cas. Regarde. Le petit cheval de bois. Il a appartenu à mes parents, je croyais qu'il était perdu, qu'on l'avait jeté, et voilà qu'il réapparaît tout à coup. C'est pas génial ?

– Tu savais pas que c'est moi qui l'avais ?

– J'en savais rien.

– Il était dans le bureau de papa, je jouais souvent avec. Il me l'a donné quand j'avais onze ou douze ans. Sympa de sa part, hein ?

– Très sympa. Tu savais qu'il appartenait à mes parents ?

– Grand-père et grand-mère. Oui. Tu vas rester là comme ça ? »

Henk se rassied tout en gardant le jouet, non plus contre sa large poitrine, mais sur ses genoux. Rosa vient s'asseoir à côté de son oncle. Elle se frotte le bout du nez et glousse.

« Je suis un peu saoule.

– Moi aussi.

– Oui, c'est ce que je me disais. Combien de verres tu as bu ?

– Mauvaise question. La bonne question, c'est de savoir combien je vais encore en boire. »

Il se penche vers la bouteille et la brandit en l'air.

« L'en reste pas mal. Tu comptes boire tout ça ? demande Rosa.

– Aucune idée. Mais l'idée me rassure. Une bouteille presque pleine. L'idée qu'il y en a encore beaucoup. Et qu'il y a encore beaucoup de nourriture en bas, toute la viande que ton père a prévue. Ça aussi, ça me rassure. L'abondance. Ça veut dire qu'on est éloignés de la faim, de la soif et d'une fin misérable.

– Bon sang, t'es vraiment bourré. Tu sais, tonton, je suis montée pour m'allonger un peu. On s'allonge ?

– On a l'autorisation de ton copain ?

– Comment ça ? T'as l'intention de m'embrasser ?

– Non, bien sûr que non.

– Eh ben alors.

– D'accord, allongeons-nous un peu. »

Henk pose le cheval sur le bureau de Rosa et s'allonge. Rosa s'allonge à côté de lui. Il y a juste assez de place pour eux deux. C'est un lit une personne. En temps normal, ce serait inconfortable, mais grâce à l'alcool, ça ne pose aucun problème. En fait, c'est plutôt douillet.

« Rosa ?

– Oui ?

– Je suis amoureux.

– Vraiment ? Chouette ! De qui ? Pas de Gloria quand même ? »

Ah, oui, Gloria, la céramiste. Le prénom lui apparaît dans une écriture élégante d'écolière, rehaussée de sequins.

« Non mais tu me prends pour qui ?

– Elle a de belles fesses… »

Ils gloussent.

« Rosa, tu crois que ton père…

– Quoi ?

– Eh bien, que ton père… Et peut-être aussi ta mère… Avec Gloria, je veux dire… Comment je pourrais expliquer ça ?

– Quoi !?

– Est-ce qu'ils ont une complicité sexuelle avec elle ?

– Non ! bon Dieu ! Henk !

– Pardon, je suis désolé, mais ça m'a traversé l'esprit… Pardon. Oublie ce que je viens de dire. Oublie ça.

– Pourquoi t'as dit ça ? Maintenant, je vais pas pouvoir m'empêcher d'y penser ! »

Rosa tient les mains plaquées sur sa figure, comme pour se mettre à l'abri de terribles images. Impossible aussi pour Henk de ne pas se faire un film dans lequel les fesses d'un blanc de talc jouent à nouveau un rôle important. En effet, c'est terrible. Leur légère trémulation. D'autres images surgissent : ébahi, il voit la ceinture du tablier de Gloria ramenée en arrière, nouée de façon à former deux grandes boucles, lesquelles semblent imiter les fesses, telle une parodie. Il éclate de rire. Rosa le tape sur la poitrine.

« Non ! Non ! »

Mais elle rit à son tour, c'est inévitable, un rire nerveux. Il leur faut un certain temps pour se calmer. Il se passe alors quelque chose de difficilement descriptible, mais qui les rapproche. Henk dit :

« Elle s'appelle Mia. »

Rosa décale légèrement la tête pour regarder son oncle dans les yeux. Elle a quelques marques rouges sur le visage.

« Mia. Un joli prénom. Dis-moi tout sur Mia.

– Il n'y a pas grand-chose à raconter. Je l'ai rencontrée dans le bus. Non, ce n'est pas vrai, je l'ai rencontrée ce matin, quand je sortais Canaille. Elle habite sur une péniche, mais cet après-midi, en venant ici, je l'ai revue dans le bus.

– C'est tout ? Et t'es déjà amoureux ?

– Oui. Elle est très gentille.

– Ça, c'est important. Si elle est gentille. C'est ce dont tu as besoin, une femme gentille.

– Tu crois ?

– Oui. Une femme qui t'aime tout simplement, qui t'aime toi, qui aime Henk. Toi, Henk, elle répète en piquant à deux reprises l'index dans la poitrine de son oncle. Toi. Henk. Elle ressemble à quoi ?

– Mon âge, longs cheveux grisonnants, mince. Pas très grande. Elle a de très jolis yeux. Verts, je crois. Elle ressemble un peu à Patti Smith. Tu connais ?

– Non.

– C'est une chanteuse. Une très bonne chanteuse. Une belle femme. Mia lui ressemble, mais en plus délicate.

– Ça s'annonce bien…

– Dis-moi…

– Quoi ?

– Eh bien, j'arrête pas de penser que j'aimerais bien la…

– Quoi !

– J'ose pas le dire à brûle-pourpoint…

– Dis-le donc, c'est toujours mieux que de garder les choses pour soi.

– Oui. Eh bien, que j'aimerais bien la pénétrer.

– Évidemment, puisque t'es amoureux.

– Ah, tu trouves donc pas ça insensé ?

– Non.

– Ou graveleux ?

– Non.

– Méprisable ?

– Non.

– Gênant ?

– Non.

– Sexiste ?

– Certainement pas.

– Non ?

– Non. C'est la première fois ? Que t'es amoureux ? Depuis Lydia ?

– Oui, je crois bien. Toi aussi, t'es fatiguée ? Moi, je suis crevé.

– Moi aussi. C'est pour ça que je voulais m'allonger. Tu lui as donné rendez-vous ?

– Non.

– Pourquoi pas ? T'as son numéro de téléphone ?

Non.

– Instagram ? Facebook ? Twitter ?

– Non, non, non.

– Tu vis dans quel monde, dis-moi ? Tu sais où elle habite ?

– Oui.

– Aha. Tu vas pouvoir lui rendre visite. Quand ça ?

– J'en sais rien.

– Aujourd'hui. Tout à l'heure. Tout de suite.

– Mais je suis là. Tout à l'heure, peut-être, oui… Quelle heure il est au fait ?

– Entre sept et neuf…

– Je vais fermer les yeux quelques minutes…

– Moi, je les ai déjà fermés… »

Ils se sont endormis, tonton Henk et la nièce Rosa, un sommeil léger, peut-être cuvent-ils plus leur vin qu'ils ne dorment, quoi qu'il en soit ils sont allongés là. Une scène touchante, ces deux-là, ce grand bonhomme et cette jeune fille gracile sur le lit une personne, cette intimité, cette décontraction. Le soleil vespéral a la bonté de les envelopper d'une lumière rosée. Sur le bureau, le petit cheval de bois assiste à la scène et on n'a guère de mal à imaginer qu'en les regardant, il les contemple avec une grande attention, fait le noble effort de voir ce qu'il y a à voir. Il voit sans aucun doute l'intimité qui émane de la scène et comprend peut-être que l'oncle et la nièce se sont rapprochés au cours des dernières minutes, d'une manière réjouissante. Eux-mêmes n'en ont pas eu conscience. Cette prise de conscience se fera dans les jours et les semaines à venir et débouchera sur une amitié qui durera jusqu'au jour de la mort de Henk. Oui, c'est comme ça que ça se passera. Et Rosa sera à son chevet quand il mourra, très âgé, à quatre-vingt-treize ans passés, excusez du peu, à la fin d'un hiver. Elle tamponnera la sueur de son visage, lui donnera à boire à la paille, grattera tendrement son crâne chauve. Voyant qu'il souffre, elle augmentera elle-même la dose de morphine, exactement comme il le lui aura préconisé. Elle verra qu'il n'a pas peur de mourir, qu'il n'a pas peur d'être mort, ce qui apaisera en elle l'angoisse que lui inspire sa propre mort. Quelques jours plus tard, elle se tiendra près de la tombe. Elle lira à haute voix un poème de Fernando Pessoa, sachant qu'il aimait beaucoup ces strophes :

Lorsque viendra le printemps, si je suis déjà mort,
les fleurs fleuriront de la même manière et les arbres…

Il pleuvra, une de ces averses au cours desquelles le printemps se fait tout à coup palpable, frais et humide. Rosa s'abandonnera complètement à cette pluie tandis que les vers de Pessoa continueront de circuler en elle et que le cercueil de Henk descendra dans la tombe pour y disparaître. Elle aussi vieillira. Souvent encore, elle entendra la voix de son oncle. En pensant à lui, il lui arrivera d'éclater de rire. À quelques reprises, les larmes lui viendront. Elle apprendra que le temps ne guérit pas toutes les blessures, que certains chagrins ne s'estompent pas, qu'ils demeurent en changeant de forme.

Le petit cheval voit par ailleurs combien Rosa est belle, en raison de sa jeunesse bien sûr, mais aussi qu'elle est réellement très belle, traits légers, lisses et réguliers, d'une grande délicatesse, sans toutefois être puérils. Soit dit en passant, Henk est pour sa part un bel homme, ou était, non, est, mais il faut faire un petit effort pour le voir. La beauté de Henk se dissimule surtout dans ses yeux et ses sourcils, extraordinairement expressifs, sur lesquels sa nature souffle comme le vent sur l'eau. Henk se montre toujours tel qu'il est, qu'il le veuille ou non, qu'il s'en rende compte ou non, ce que Mia a vite remarqué ce matin. Elle arrosait ses plantes quand elle l'a entendu passer, haletant, le pas lourd. Elle n'a pas relevé la tête. Elle l'a fait quand elle a entendu le trottinement d'un chien et a vu Canaille couché au bord de la chaussée, épuisé selon toute apparence. Elle a entendu Henk appeler l'animal. Juste après, elle l'a vu qui revenait sur ses pas, elle a vu combien il était grand, et combien il était préoccupé. Elle a pu lire sur son visage comme dans un livre pour enfants. Quel type gentil, s'est-elle dit. Henk s'était agenouillé près du chien, le caressait.

« Ben alors, bonhomme...

– Il a soif, j'imagine... »

Il a sursauté, s'est retourné, offrant de nouveau à Mia son visage lisible. Elle y a lu du désarroi. Elle est allée chercher de l'eau, a déposé la gamelle près de l'animal. L'homme accroupi à côté d'elle sentait la sueur, mais ça ne l'avait pas dérangée. Un des avantages qu'on acquiert avec les années : on fait plus vite la part entre les choses importantes et les choses accessoires, or la chose importante n'était pas cette odeur de transpiration, mais le grand et gentil type préoccupé par son chien. Ils l'ont regardé laper l'eau.

« Apparemment, il en avait besoin, merci.

– Faut dire que ça cogne…

– Il paraît que c'est le mois de juillet le plus chaud depuis 1897.

– Oui, le climat, tout ça… »

Il s'était redressé. Un mouvement qui avait déversé sur elle une part de sa chaleur masculine. Elle l'imaginait en train de la regarder, les yeux posés sur le haut de sa tête, un peu embarrassée à cause de ses cheveux gris qu'elle refuse de teindre pour ne pas passer pour plus jeune qu'elle n'est : la jeunesse est un critère idiot, une recette idéale pour se rendre malheureux puisqu'on vieillit chaque jour un peu plus. Une bonne raison de ne pas se laisser aller à ces fariboles. Malgré tout, elle éprouvait de l'embarras. Ça la dérangeait, ce vieil instinct, la fille coquette que, de toute évidence, elle est encore au fond d'elle-même, mais elle n'avait pas eu le temps de s'attarder là-dessus, un sifflement de pneus, un bourdonnement de roues s'était fait entendre, des insultes aussi ; et quand elle s'était redressée, le grand type se tenait sur la chaussée, une éloquente expression de colère sur son visage, le majeur dressé en l'air.

Quand elle l'a revu quelques heures plus tard, dans le bus, la situation s'est répétée : elle l'a observé avant que lui-même l'ait aperçue. Il est entré dans le bus juste avant que les portes ne se ferment, grand, pressé, étonnamment élégant dans un pantalon de lin et une chemise bleu ciel, s'est affalé sur un siège, quelques rangées devant elle, de l'autre côté de l'allée. Alors qu'ils longeaient le canal, il avait tourné la tête, non vers elle, mais pour suivre des yeux deux jeunes gars qui s'amusaient sur leur canot. Son visage démonstratif, ses yeux et ses sourcils, ce livre pour enfants. Il jouissait de ce qu'il voyait. La scène lui plaisait. Il voyait quelque chose, a-t-elle vu, de fondamentalement bon.

En se retournant, captant son regard, il ne l'avait pas reconnue tout de suite. Elle l'avait laissé chercher, mais ça durait au point d'en devenir embarrassant, il en souffrait, ce qu'elle ne souhaitait pas, elle l'avait aidé.

« Comment va votre chien ? »

Ça lui avait permis de la reconnaître. Il lui avait souri. Puis une ombre était passée sur ses yeux.

« Bien. Enfin, pas si bien que ça en fait. On est allés chez… » On connaît la suite. Mais que se passe-t-il réellement au cours d'une telle conversation entre deux inconnus ? Il s'agit – à supposer que les parties soient de bonne volonté – d'une tentative de synchronisation. Il convient de réunir deux existences, deux histoires, de sorte qu'un lien puisse naître, ne serait-ce que pour les quelques minutes qu'ils partagent dans un bus. L'échange verbal ne semble pas être l'élément le plus important, bien qu'il délivre les informations suivantes : le chien est gravement malade, Mia aime la musique, Henk a un faible pour les expositions de tracteurs. Pendant ce temps, en arrière-plan, d'autres choses se déroulent qui paraissent plus essentielles. Les deux interlocuteurs regardent, sentent, ressentent, devinent, imaginent, jugent. Une histoire est en train de s'élaborer, rien qu'une ébauche pour l'instant, quelques phrases par-ci, un demi-paragraphe par-là, chaque mot revêtant toutefois une certaine charge émotionnelle. En la matière, Mia s'en sort mieux que Henk. Peut-être parce qu'elle simplifie les choses en se fiant à son intuition. Quel type gentil, s'est-elle dit. Et : ce qu'il est grand. Et : ce qu'il est drôle. Quand le bus est arrivé à Loenen et qu'il s'est arrêté là où elle devait descendre, elle s'est levée, est passée devant lui et s'est retournée. Puis elle a posé une main sur la poitrine de Henk. Geste qu'elle n'avait pas prévu, ça s'est fait tout seul. Ce qu'elle a dit alors n'était pas non plus calculé :

« Au revoir, cher Henk. Vous ferez un câlin de ma part à Canaille ? »

À l'église, ils ont joué l'un de ses morceaux préférés, une œuvre de Beethoven. La musique de Beethoven a une qualité architectonique qui lui plaît beaucoup. Ça lui permet de la visualiser comme un espace certes complexe mais clair, un de ces édifices que Piranèse aurait pu dessiner. Elle est à même d'entrer dans cet espace, d'y errer et de goûter la musique. Ce qu'elle fait depuis son plus jeune âge avec bien des compositeurs, à commencer par Beethoven. Un mode bien à elle de goûter la musique. D'ailleurs, en grandissant, elle a découvert qu'il lui était pour ainsi dire impossible d'expliquer aux autres ce qu'elle vivait au cours de ces instants. Elle a découvert, dans le même temps, combien il est pénible de décrire une expérience singulière quand on constate que l'autre n'y comprend goutte : la conversation percute un mur à toute allure. Peu à peu, elle a donc renoncé à parler de ses expériences, y compris à ceux qui, à un moment donné de sa vie lui ont paru indispensables, ses deux maris, une poignée de bons amis, ainsi que ses trois enfants, même le plus jeune, un garçon d'une bonne vingtaine d'années, doué, qui fréquente le conservatoire. Voilà pourquoi le repas qu'elle prend dans une brasserie à la sortie du concert est à marquer d'une pierre blanche : pensant à Henk, elle est subitement convaincue que lui la comprendrait sur-le-champ.

ILS SE RÉVEILLENT plus ou moins au même moment. Henk entend un cri, strident, un de ces cris qui semble déchirer les choses.

« Qu'est-ce que c'est ? »

C'est la troisième fois que Henk se réveille aujourd'hui, il se prend le retour à la conscience en pleine figure de façon toujours plus impitoyable, *splaf* cette fois-ci, une véritable torgnole. Tout de suite sur son séant, il repose sa question, avec plus d'insistance :

« Qu'est-ce que c'est, bon Dieu ? »

À son tour, Rosa se redresse, plus lentement que lui, à contrecœur.

« Qu'est-ce que c'est quoi ?

– Le cri.

– Quel cri ?

– Le cri. Dans le jardin.

– J'ai rien entendu.

– Impossible. Un cri strident, dans le jardin.

– Ils ont peut-être tué quelqu'un.

– Je rigole pas. Un cri. »

Le somme n'a pas fait de bien à Henk. Il a mal au ventre, la tête lourde et garde un relent de moisi sur la langue. Il tend la main par-dessus Rosa, remplit son verre et boit quelques gorgées de vin.

« T'en veux aussi ?

– Non, beurk... »

Les bruits de la fête leur parviennent avec plus d'intensité, ravivés par la musique, des chansons du groupe Doe Maar ; or rien n'incite plus à picoler que ces airs.

« Ils sont bourrés.

– Tu sais que les grandes personnes bourrées, c'est pire que tout ?

– Ouais. Je suis pire que tout ?

– Non, pas toi, parce que t'es pas vraiment une grande personne.

– Ah bon ?

– Ben oui, parce que toi, t'essaies toujours de faire de ton mieux.

– Mais quel est le rapport avec... »

Le même cri, mais un peu moins strident, plutôt un gros rire qui dérape qu'un véritable cri. Ouais, ils sont bourrés, il est grand temps de quitter la fête. Henk consulte son téléphone et voit qu'il n'est que vingt heures vingt. Ça lui remonte le moral : au fond, il a encore toute la soirée devant lui, qui sait ce qu'elle lui réserve. Mia ! Il se lève et gagne la salle de bains où il pisse. Puis il se lave les mains, se rafraîchit le visage, rectifie sa tenue. Il déniche une brosse à dents neuve, la déballe tant bien que mal et l'étrenne pendant plusieurs minutes. Mais ensuite, il ne sait quoi en faire : la remettre à sa place, ça pourrait avoir de fâcheuses conséquences (un Freek dans le cirage utilise cette brosse à dents, remarque que ce n'est pas la sienne, l'examine, en effet, ce n'est pas la sienne, mais à qui appartient donc cette brosse à dents, nom d'un chien, quelle idée ragoutante, *ark*, ça va mettre son frère dans une humeur maussade dont il oubliera bientôt l'origine, mais dont il devra se décharger sur la première victime venue, sa secrétaire ou un pauvre type portant l'uniforme beige au logo de l'entreprise), aussi la glisse-t-il dans la poche de son pantalon.

« Rosa, ma belle, j'y vais. Tu peux avoir la gentillesse de… »

Mais Rosa s'est déjà rendormie. En muette admiration, Henk regarde sa nièce, la jeunesse de sa nièce : ça le bouleverse. Son émoi, cela ne lui échappe pas, provient de diverses sources : la jeunesse et la beauté de Rosa, l'intérêt qu'elle a manifesté pour son cadeau, le petit somme qu'ils viennent de faire ensemble, sans oublier l'alcool qui circule dans son sang à lui ou encore la maladie de Canaille qui, tel un filet de pêcheur, ratisse le fond de son âme depuis le début de la journée pour en remonter toutes ces choses que l'on garde en général à distance, l'amour ou l'absence d'amour, le poids des ans, la mort bien entendu. Cependant, Henk n'a pas conscience que d'autres sources coulent qui s'immiscent plus profondément encore dans le roc de son corps et de sa vie. L'une d'elles, c'est l'étrange certitude que Rosa sera un jour à son chevet en train de lui tamponner le visage et que, peu après, au cimetière, elle laissera la pluie ruisseler sur son propre visage en songeant aux vers de Pessoa. Cela, d'une certaine manière, il le sait déjà, non qu'il sache lire l'avenir, non plus parce qu'il aurait la prémonition de son destin, mais parce qu'il s'agit d'événements que recèlent ces dernières heures, de la même façon que la première phrase d'un roman recèle la suite du livre. Et c'est vrai : une amitié vient de naître, laquelle rend possible tout ce que suppose l'amitié, les conversations, les promenades, les dîners, les sorties, les vacances ensemble, un fils prénommé Henk, mais aussi, et peut-être surtout, la présence apaisante de Rosa alors qu'il sera sur son lit de mort.

Henk embrasse sa nièce sur le front. Puis il déplace le petit cheval de bois du bureau au rebord de la fenêtre afin que le jouet puisse mieux contempler la jeune fille. Ensuite, il descend les escaliers, à pas de loup, bien que la probabilité que les fêtards le surprennent soit infime. Avant qu'il n'atteigne la porte d'entrée, le vacarme s'amplifie subitement. Henk ne peut s'empêcher de se retourner pour voir ce qui se passe. Bien entendu, il eût mieux fait de s'abstenir. Mon Dieu, la puanteur qui se dégage quand l'alcool soulève les plaques d'égout ! On devine plus ou moins la scène, inutile de la décrire. Elle déclenche chez Henk un vif sentiment de dégoût et de honte. Ce genre de honte que l'on ressent à la place d'un tiers qui ne l'éprouve pas à cause de l'alcool, d'un manque de savoir-vivre, ou des deux. Autrement dit, une réaction d'impuissance, un reproche moral édenté. Cela ne fournit pas moins à Henk une tape amicale et bienvenue sur l'épaule : sans hésiter, il se retourne, gagne la porte d'entrée, sort dans la rue, traverse le pont, marche vers l'arrêt de bus, loin de la maison.

Il est dans le bus. Qui entre dans Loenen. Il se redresse, étire le cou et regarde dehors, mais non, elle n'est pas là, il n'y a personne au niveau de l'arrêt. Le bus réaccélère. C'est alors qu'une instance supérieure intervient, le chauffeur appuie inopinément sur le frein, le bus s'immobilise, la porte s'ouvre et elle est là. Henk lève les fesses de son siège et lui fait signe.

« Mia ! je suis là. »

Elle ne montre aucune surprise, alors qu'elle l'est sans aucun doute, surprise. Ayant perdu la notion du temps, peut-être à cause du deuxième verre de vin qu'elle s'est autorisé, elle a bien failli rater le bus. Quand elle s'est rendu compte qu'il pouvait arriver à tout moment, elle s'est précipitée à la façon foutraque d'une hippie (le sac, en sortir le portefeuille, poser de l'argent sur la table, remettre le portefeuille dans le sac, au fait où ai-je mis mes clés, vider le sac dans un geste d'impatience pour retrouver la carte des transports en commun, sur la table s'étalent mouchoirs en papier, stylo, pansements, livret du concert, téléphone, réglisses, cartes postales, cachets, carte des transports en commun, *la carte enfin !*), avant de sortir de la brasserie en courant au moment où le bus arrivait au niveau de l'arrêt, et de courir encore, de courir en agitant sa main libre. Heureusement, le chauffeur a daigné s'arrêter. Elle est montée et Henk était là. En effet, elle était surprise car elle n'avait pas songé une seconde qu'il pût s'y trouver, mais sa surprise, elle ne l'a pas montrée, elle n'en a pas eu l'occasion, Henk retenant tout de suite son attention.

Qu'a-t-elle vu au juste ? Pas le type gentil et sensible auquel elle a pensé dans la brasserie, mais un homme grand, un homme agité, un homme dont les gestes, par leur exubérance, ne correspondaient ni aux circonstances, ni à l'échelle du véhicule. Elle lui a néanmoins retourné son signe de la main, s'est avancée et a pris place à côté de lui. Ah ! a-t-elle perçu en reprenant sa respiration, il est pompette.

« Vous avez un peu trop bu…

– Oui.

– Moi aussi. Un tout petit peu trop.

– Moi, pour être franc, beaucoup trop. Beaucoup, beaucoup trop.

– Vous êtes allé où ? »

Pendant que Henk lui parle du barbecue, ils se dirigent vers Weesp à travers une Hollande toujours ensoleillée. Comme de coutume, des embarcations empruntent le Merwedekanaal qui relie dans les deux sens Amsterdam à Utrecht, autant de péniches chargées de poudre, de poudre, de poudre *ad nauseam*, ça ne s'arrêtera donc jamais ! Cependant la soirée est belle, très belle même, et promet de se faire encore plus belle : la lumière s'est étoffée, alourdie, quelque chose en elle suggère une saison à venir – ne serait-ce que parce qu'il est aisé d'imaginer la même scène mais silencieuse, où s'écoule une eau sombre sur laquelle flotte une feuille jaunie. Henk et Mia ne font pas attention à ce qui défile à l'extérieur du bus : ils sont absorbés par leur conversation.

« Mais qu'est-ce qu'elle faisait exactement ?

– Mieux vaudrait ne pas avoir vu ça. Elle dansait... Non, je préfère me taire.

– Oh, c'est pas sympa, vous avez éveillé ma curiosité ! Elle était à poil ?

– Oui. Non. Pas complètement. Mais l'image revient sur ma rétine, je préfère ne pas...

– Et Rosa dormait ?

– Oui. Comme un ange. Malgré tout le boucan. Au fait, je lui ai parlé de vous. »

Pourquoi diable lui dit-il ça ? Dès lors, la conversation se déroule dans une cage dont il vient de confier les clés à Mia. L'enjeu est de savoir si elle va les lui rendre. Elle ne les lui rend pas. Elle lui demande :

« De moi ? Qu'est-ce que vous lui avez dit sur moi ? »

Une fois de plus, Henk s'est empêtré dans une situation qui exige une prise de décision rapide, alors même que cette décision comporte un grand nombre de dénouements potentiels, dont beaucoup lui font froid dans le dos. Il réfléchit, fébrile. Plutôt, il s'efforce, fébrile, de réfléchir, mais ça ne marche pas du tout, il est trop bourré pour ça. Aussi la vérité lui échappe :

« Que je suis amoureux de vous. »

D'un coup, le bus accélère et prend son envol. Décrivant une courbe douce, ils survolent bientôt vaches et prairies, voiliers et lacs, des villages où les gens qui boivent des bières sur des terrasses lèvent des yeux stupéfaits sur eux qui, peu à peu, gagnent de l'altitude. Sous eux apparaît la région sillonnée par le Vecht, la Hollande, la mer du Nord, une partie de l'Europe, et ainsi de suite, jusqu'au moment où l'horizon s'incurve et qu'ils voient de leurs propres yeux que la terre est ronde. Dans l'intervalle, Henk accomplit miracle sur miracle comme s'il s'agissait là de tout ce qu'il y a de plus normal : il dresse une table sur une nappe de damas, sort une bouteille de champagne, des flûtes en cristal, une coupe de fraises, de la crème chantilly...

Non, c'est des conneries, le bus longe toujours le Merwedekanaal. Il n'empêche, Henk a picolé plus que de raison, c'est clair. Cela le livre pour une bonne part à des instincts basiques. En un mot, la soirée ne s'interdira rien.

Que je suis amoureux de vous. La griserie, couplée à un trait de sa personnalité, une sorte de candide sincérité, lui a inspiré cette réponse. Rosa a vu juste en affirmant qu'il n'est pas vraiment une grande personne, même si elle a formulé cela de façon un peu énigmatique : t'essaies toujours de faire de ton mieux. Le fait est que Henk n'a d'autre choix que la droiture ; en société, il ne déploie aucune stratégie, moins encore quand il a bu et que les inhibitions habituelles (politesse et conventions, timidité et prévenance, souhait de ne pas être pris pour un taré) sont tombées. La vérité lui échappe, en dépit des circonstances qui ne s'y prêtent pas. La candeur provient de ce qu'il ne tient pas compte de l'effet que la vérité peut produire : elle ne laisse jamais son interlocuteur indifférent, pas plus dans le cas présent.

Mia en est restée sans voix. Le bus entre dans Weesp et s'arrête devant la gare. Ils descendent. Sans échanger un mot, ils font un bout de chemin côte à côte en direction du Vecht, entre les demeures cossues s'élevant le long du quai qui mène aux anciennes fortifications. Une fois la moitié du quai parcourue, Henk s'immobilise : il doit prendre à droite pour rentrer chez lui, pour retrouver Canaille.

Entre-temps, Mia a réfléchi à la signification exacte des mots qu'il a prononcés. Elle n'a aucune idée de leur portée. Tout est possible : un éventail qui va des importunes élucubrations d'un pochetron à une sincère déclaration d'amour. Pour l'instant, tout ce qu'ils ont dévoilé, c'est que Henk est un étranger pour elle. Elle ne le connaît pas, elle ne sait pas du tout ce qu'il entend par là. En conséquence, sa réponse a mis un terme brutal à l'entente naturelle qu'ils avaient établie. Mais alors qu'ils se font face sans se regarder, une autre pensée s'impose à Mia : elle brûle de faire la connaissance de ce gentil et grand inconnu bourré.

Ils se tiennent donc ainsi sur le quai, silencieux, elle plutôt petite et gracile, lui aux allures de collégien, malgré sa taille. Ce qui vient de traverser l'esprit de Mia se traduit par un sourire, mais cela échappe à Henk qui s'est laissé sombrer dans un puits de dégoût de soi. Il marmonne plus ou moins pour lui-même :

« Je prends à droite. Canaille doit prendre ses médicaments.

– Ça vous dérange si je viens avec vous ? J'aimerais bien lui faire un coucou. »

Ouille, là, il est déboussolé ! Ses yeux et ses sourcils ne savent pas comment réagir. Que doivent-ils exprimer ? Du soulagement ? De l'étonnement ? De la panique ? Un état de choc ? Une joie folle ? Tout cela ensemble, on dirait bien, puisque sa trombine affiche d'abord une série de grimaces puis, subitement, plus rien, comme si son cerveau venait d'envoyer un message d'erreur, *data overflow*, à l'instar de nos anciens ordinateurs juste avant qu'ils ne nous lâchent. Son visage s'apaise en une expression plus ou moins neutre, non, pas neutre, plutôt avenante : ces prochaines minutes, chaque impression va le pénétrer à la vitesse grand V. Il déglutit – quoi précisément ? Il l'ignore. De l'index, il se touche le bout du nez. Il porte un regard vaseux sur le ciel vespéral.

« Oui, bien sûr… C'est par là. »

De la main, il indique bêtement la direction, fait un pas hésitant, comme s'il doutait que Mia s'apprête à le suivre. Or Mia le suit, le sourire aux lèvres même si Henk ne le remarque toujours pas. Dans la venelle qui mène du quai à la Nieuwstraat, elle lui prend la main et, comme par magie, ils se mettent à marcher en une agréable cadence. À chaque pas, le visage de Henk se fait un peu plus avenant, ce qui s'accorde bien avec l'allégresse dans sa poitrine. *Alors, il aurait aimé fredonner ; il avait l'impression de danser, léger comme l'air, au-dessus du sol. Tout, tout était si facile à présent.*

Henk connaît par cœur la scène finale de *Kees de jongen*. Ce que le romancier décrit, c'est l'état amoureux que ressent un garçon, mais dans cet emballement résonne aussi autre chose, chose que Henk connaît bien : une sensation d'irrépressible joie de vivre. Dans le bus, en observant Henk qui observait les garçons dans leur canot, Mia a perçu l'intensité avec laquelle il savourait la scène – les gais casse-cou, le jeu des scintillements entre soleil, eau, canot et cheveux blonds. Elle a relevé une composante morale dans l'intensité de son regard. Il voyait quelque chose de fondamentalement bon. Aux yeux de Henk, la joie de ces deux garçons n'était pas simple soif de vivre ; c'était quelque chose de plus essentiel, une nouvelle forme du souffle de vie originel, de la vitalité, de la pulsion de vie, *amor fati*, *Lebensbejahung* – tenez, voilà que les concepts se succèdent comme dans une réaction en chaîne de dominos, à croire que chacune de ces notions cherche à se concrétiser.

La soif de vivre comme principe moral. On se l'imagine aisément à propos de Henk. Il pousse sa vie dans un va-et-vient entre les pôles du *memento mori* et du *carpe diem*, l'un nourrissant l'autre et vice-versa, en symbiose, comme s'ils formaient une *Gestaltfigur* – une figure dont les différentes parties s'éclairent mutuellement tout en se maintenant l'une l'autre dans l'obscurité. Pas assez âgé pour discerner ce motif en lui, Henk n'en perçoit pas moins sa présence. Il le découvrira, c'est une question de temps, et l'embrassera en toute conscience – à la manière, en effet, d'un acte moral – et non plus intuitivement. Qui sait s'il ne va pas se surprendre au cours des prochains mois, en pleine conversation avec Mia, à s'entendre parler tout à coup de joie de vivre, de vitalité ou de *Lebensbejahung*. Mia l'écoutera des deux oreilles, paupières légèrement plissées. Elle aura appris que Henk est capable de se perdre dans des monologues au cours desquels surgissent des idées qui paraissent inédites à son interlocuteur tout autant qu'à lui. Peut-être ne l'écoutera-t-elle que d'une oreille, attentive surtout à son visage, à ses yeux et ses sourcils, fascinée par la vie qui en émane. Oui, ça se passera comme ça. Elle verra le regard de cet homme se promener dans l'espace où lui et elle seront réunis, où ils déambuleront (la cuisine de Henk, un restaurant, la forêt, la plage…), un regard ne trouvant pas de point d'appui, car Henk concentre toute son attention en lui-même, sur les intuitions qu'il s'efforce de mettre en mots (yeux et sourcils en mouvement, perles de sueur sur la lèvre supérieure, main qui va et vient sur le crâne). Tout en parlant, il finira par la distinguer, sa soif de vivre, cette recherche obstinée du plaisir, de la jouissance, de la joie, d'une vie bonne.

« Car vois-tu, Mia, c'est pas le fait de manger et de boire qui nous maintient en vie, mais la faim et la soif de vivre, la conviction morale que cela vaut la peine, que la vie elle-même recèle du beau et du vrai, toujours et partout, mais que c'est à nous qu'il revient de chercher cette vérité et cette beauté, de les exhumer, à l'instar de chercheurs de fortune, fortune au sens de bonheur… »

À son tour, elle se prend à imaginer ce que vieillir signifiera pour Henk : il réussira de mieux en mieux à nourrir sa faim de vivre. Il apprendra de mieux en mieux à rechercher la lumière, ce qui lui procure du plaisir, ce qui lui apparaît en conséquence important et précieux : son emploi (une dizaine d'années encore) ; la lecture, bien sûr (quelques milliers de livres) ; les nouveaux chiens (deux après Canaille) ; Mia, Rosa et même Lydia, laquelle rentrera aux Pays-Bas après un divorce douloureux ; les enfants de Rosa qui grandiront en Suède où il leur rendra régulièrement visite ; la maison lumineuse de Noordwijk où il finira par s'établir et la mer qu'il apprendra à y apprivoiser : l'eau à perte de vue dont il ne pourra plus détacher les yeux ; bref, d'autres choses encore que l'on peut sans trop de mal se figurer. Et c'est vrai, ce n'est pas tant manger et boire qui le maintiendront debout que la faim et la soif de vivre, bien au-delà de l'espérance de vie moyenne, un Henk de quatre-vingt-treize ans passés qui meurt paisiblement après une vie pas trop mal.

Le goût de vivre : avoir envie de vivre. De cette source découle le reste : l'envie de se lever le matin, l'envie de manger et de boire, l'envie de travailler, l'envie de rire et de lire et de parler et de danser et de se promener avec le chien… Sans parler de l'envie d'aimer. Henk et Mia se rapprochent du petit immeuble. Henk lâche la main de Mia, ouvre la porte et la précède dans l'escalier raide. Chacun perçoit les pas de l'autre, la respiration de l'autre, tous deux conscients qu'une agréable cadence continue d'irriguer leurs mouvements.

Canaille est couché sous l'escalier du salon, un endroit inhabituel. Bien qu'oppressé, il cherche le regard de Henk. Ce qui rassure ce dernier : Canaille ne lui renvoie pas le regard d'un étranger sur un autre, mais bien celui de Canaille sur Henk. Henk pose un genou près du chien et lui gratte le crâne. Canaille a une respiration précipitée, la langue pendante, les flancs agités.

« Eh, bonhomme… »

À son tour, Mia s'agenouille. Les yeux de Canaille passent furtivement sur elle avant de revenir, comme il se doit, vers ceux de Henk. Mia prend une des oreilles du chien entre ses doigts. À travers la dominante de blanc et de brun rouge sont tissés de longs poils noirs qui dotent ses oreilles d'une élégante effilochure. Mia les fait aller et venir entre pouce et index.

« Quelles belles oreilles…

– On appelle ça des boucles d'oreilles, explique Henk, non sans une certaine fierté, les longs poils… »

Il se relève, se rend à la cuisine où il humidifie une éponge. Canaille la lèche sans entrain, mais semble tout de même s'apaiser. Mia continue de lui caresser l'oreille.

« Il est à peu près d'aplomb », dit Henk.

Des mots prononcés sur la tonalité un rien guindée avec laquelle on énonce un communiqué médical. Et dans laquelle transparaît son inquiétude. Toutefois, il poursuit :

« Il est gêné pour respirer, c'est tout. Je veux dire, il a une insuffisance cardiaque, mais je vois que ça va.

– Oui ? Tant mieux…

– Dans une petite heure, je lui donnerai ses médicaments, puis je le sortirai. Ensuite, j'espère qu'il dormira bien… »

Il est vingt et une heures vingt-trois. Henk a du mal à appréhender la situation. L'éventail des possibles est bien trop large. Cela va d'une conversation sur le temps qu'il fait autour d'une tasse de thé à un dépouillage mutuel suivi d'une baise à tout-va. Cette dernière option a la préférence de Henk. Cependant, il comprend qu'il convient de ne pas brusquer les choses, et pour cause, de nombreux territoires demeurent inexplorés. Manœuvrer avec précaution, bien interpréter les signaux, ne pas avancer un pion à hue et à dia, voilà ce qui importe. En même temps, il est conscient d'être trop ivre et fatigué pour agir en homme réfléchi, la soirée ne s'interdira donc rien, les surprises ne sont pas à exclure. Il n'a aucune idée de son état et de son humeur lorsqu'il verra le soleil se lever. Quoi qu'il en soit, il a soif. Il se redresse et dit :

« Vous voulez boire quelque chose, peut-être ? J'ai de tout, du café, du thé, du lait fermenté… Du vin, bien sûr, de la bière, peut-être un fond de whisky… Ou vous préférez un verre d'eau ? Je dois avoir des glaçons, ça pourrait être rafraîchissant, avec la chaleur qu'il fait chez moi…

– Vous, qu'est-ce que vous prenez ? »

Henk hausse les épaules et avance d'un pas en direction de la table. Qui sait si ce pas n'est pas une invite : ce serait bien que vous vous leviez et que vous veniez vous asseoir en face de moi.

« Aucune idée. Et vous ?

– Je veux bien du lait fermenté. »

Henk n'avait pas prévu le coup. Ça lui paraît bizarre, boire du lait fermenté à cette heure-ci, en cette occasion. Il l'a mentionné par souci d'exhaustivité, voilà tout. Bien entendu, rien ne s'oppose à ce qu'il lui en serve un verre. Mais la journée l'a lessivé au point qu'il a du mal à se conformer aux faits bruts. Aussi regimbe-t-il.

« Du lait fermenté ? Vraiment ? »

Dès lors, tout se complique : un ping-pong panique qui nécessite l'emploi de bien trop de mots pour clarifier une question d'une simplicité enfantine.

« Oui. Vous avez dit que vous en aviez, non ?

– Oui, j'en ai. Je pensais juste que…

– Que quoi ?

– Euh, rien. Je veux dire, moi, j'ai plutôt envie de boire du vin.

– Oh, c'est très bien aussi. Du vin. Je veux bien un verre de vin.

– Mais non, vous vouliez du lait fermenté. N'est-ce pas ? J'en ai. Bien frais.

– C'est un peu bête de boire du lait fermenté si vous, vous buvez du vin.

– Oui. Ah oui. Vous préférez que je boive du lait fermenté, moi aussi ? »

Bon, tout ça prend un certain temps, mais ils finissent par se retrouver assis à la table, un ravier de dés de fromage entre les deux verres de vin ; petit à petit, la conversation revient sur ses rails. Ils apprennent des choses l'un sur l'autre. Henk parle de son travail (rien de spécial, essayer de les maintenir en vie), de Lydia (je vous raconterai tout ça un jour), d'un livre qu'il a commencé à lire (*Maigrir pour les nuls*). Il découvre que Mia est prof de chimie (je trouve le tableau périodique des éléments plus beau que les pyramides, que *La Joconde* ou que Lucian Freud), qu'elle a divorcé deux fois (je vous raconterai tout ça un jour) et trois fils (qui portent chacun le prénom d'un grand chimiste). Antoine, le plus jeune, étudie le chant au conservatoire. Henk lui demande si elle veut écouter de la musique, mais non, elle ne veut pas.

« Le calme, ça me plaît bien en fait… »

C'est calme, en effet. Aucune mobylette, aucun marmonnement de télévision, aucun entrechoquement de vaisselle. Le silence. À condition de faire abstraction de leurs voix. Après un deuxième verre de vin, de premières accélérations se produisent dans leur conversation. Mia raconte qu'il lui est arrivé de voler un sac à main ; Henk avoue avoir connu, dans sa jeunesse, une expérience homosexuelle. Mia confie que son premier enfant est mort-né, ce qui lui inspire toujours de la tristesse ; Henk reconnaît la honte qu'il éprouve à cause de la façon dont s'est terminé son mariage. En soi, ces confessions sont intéressantes, mais ce qui les motive est éloquent : chacun veut que l'autre apprenne à le connaître. Après tout, c'est ainsi que ça se passe dans ce curieux rêve fiévreux qu'est l'état amoureux : on est poussé à raconter qui l'on est, à se confesser et ainsi à faire place nette, comme si être amoureux n'était pas en premier lieu une question d'amour, de libido ni de désir, mais un lavage cathartique des péchés. Henk et Mia ne font pas exception. Ils ressentent cette envie de se montrer tels qu'ils sont et ils vont se montrer tels qu'ils sont ; tous deux comprennent très bien qu'en procédant de la sorte, ils sont en route vers le deuxième étage, vers la chambre à coucher, vers une baise, à tout-va ou pas.

Mais on n'en est pas encore là. L'un et l'autre ayant largement dépassé la cinquantaine (Mia, Henk le sait à présent, a un an de plus que lui, soit cinquante-sept ans), ils ne sont pas pressés. De surcroît, il va falloir donner à Canaille ses médicaments et le sortir. Pour l'instant, ils boivent donc du vin, Henk plus que Mia, avec une ardeur qui ne lui est pas coutumière. Pourquoi ? Que se passe-t-il ? La journée est train de passer. Dès les premières secondes, celle-ci l'a attrapé par la nuque, l'a secoué dans un sens et dans l'autre comme s'il était une proie, un peu à l'image de Canaille quand il secouait une chaussette dans sa gueule de chiot ; on verra ce qu'il va rester de Henk quand le samedi finira par le relâcher à la manière de Canaille qui abandonnait la chaussette derrière le canapé.

Ils parlent. Henk se perd dans des songeries henkiennes, des phrases plutôt fleuries, peut-être grâce à l'alcool qui clapote d'un mot à l'autre.

« Je lis beaucoup, dit-il. Mes bouquins (il désigne d'un geste du bras la bibliothèque en face du canapé, puis l'escalier, bien que Mia n'ait évidemment aucune idée de la quantité de livres qu'abrite l'étage supérieur) sont pleins d'apostilles, un texte fantôme fait de parenthèses, de crochets, de tirets, de points d'exclamation et d'autres symboles que je gribouille sur les pages lorsque la beauté d'une phrase, un point de vue original ou une blague à mourir de rire me touche. Ensemble, ces traces constituent un compte rendu de celui que j'ai été au cours des années. À partir d'elles, je me dis parfois qu'il doit être possible de circonstancier l'histoire de mon identité. Additionnés, ces gribouillages forment une histoire. Moi. Henk. J'ai longtemps pensé que mon identité se diluait dans les livres que je lisais, comme l'encre dans l'eau, mais à l'heure actuelle, je crois au contraire que mes livres me donnent des lignes directrices. Ils forment une bande compressive qui contrecarre l'hémorragie de ma mémoire, un exosquelette qui compense mon déclin physique. Oui, ils me donnent forme et substance. Ils me donnent mon Henkiosyncrasie. »

Il poursuit ainsi pendant un moment, emporté par ses considérations, sans plus prêter attention à Mia. Mia, pour sa part, lui prête une réelle attention. Certes, elle ne l'écoute que d'une oreille, elle contemple les mouvements de son visage, découvrant qu'ils racontent leur propre histoire. Elle ignore la teneur de cette histoire, ne cherche pas à la lire, s'en tient sagement à ses impressions. Quel homme gentil! quel homme plein de vie! Pendant ce temps, Henk débite et dégoise à propos de l'histoire que nous sommes, cette histoire qu'il nous faudrait de temps à autre réviser pour lui insuffler une couleur politique différente, une couleur de peau différente, un sexe différent et une autre préférence sexuelle, une autre religion et une autre nationalité, car s'en priver, n'est-ce pas un consternant déficit d'imagination, n'est-ce pas repousser l'avènement de la paix dans le monde? Il continue jusqu'au moment où il croise le regard de Mia et constate qu'elle l'observe avec attention, qu'elle le contemple. Au milieu d'une phrase, il interrompt son monologue.

Vers vingt-trois heures, ils se promènent dehors avec Canaille. Il fait à peine nuit, une lune presque pleine brille. À présent que le soleil est couché, l'atmosphère qui règne invite à reprendre haleine; cependant, on est encore en quête de fraîcheur. Dans les ruelles qui s'étirent entre la Nieuwstraat et le quai du Vecht, les façades, méchantes, rejettent la chaleur accumulée au cours de la journée, comme pour nous rappeler que la planète tourne et que, dans quelques heures, cette face-ci de la Terre s'orientera de nouveau vers le patient et brûlant soleil.

Canaille semble avoir plus ou moins recouvré ses moyens. Il fait pipi deux ou trois fois de suite, flaire ceci ou cela, se retourne, fait caca, aboie à plusieurs reprises après un chat perché sur le toit d'une remise, avant de s'immobiliser et de fixer, hypnotisé, l'ennemi héréditaire durant une dizaine de secondes, peut-être parce que la silhouette se détache parfaitement sur la pleine lune, ainsi qu'on le voit dans certains dessins animés.

Bien que la localité soit tranquille, Mia et Henk font de nouveau preuve d'une certaine circonspection. La conversation se traîne en empruntant des méandres. Ils rassemblent leur courage, ils ne sont pas tout à fait à ce qu'ils disent parce que leurs pensées anticipent leur retour dans l'appartement, anticipent la chambre et le lit de cette chambre, les sons, les expressions et les mouvements qui seront nécessaires pour passer sans accident de la porte d'entrée à ce lit, la chorégraphie subtile et bancale de la séduction, laquelle ne supporte ni le franc-parler, ni le moindre faux pas.

Ils traversent l'Ossenmarkt en direction du port. Sur le pont étroit, une effervescence vient à leur rencontre. Un groupe d'ados, enfin, de jeunes adultes, seize, dix-sept ans peut-être. Dans la lumière de la lune, ils revêtent un caractère irréel ; peut-être est-ce pour cela que Henk et Mia ne sont pas surpris de les voir qui commencent à se déshabiller, car c'est ce qu'ils font soudain, ils se déshabillent, tous, jusqu'à être nus, nus et sublimes, ainsi que le souligne le clair de lune. Henk et Mia restent sur place à regarder cette opulence de jeunes corps enjamber le garde-fou blanc et plonger dans le port, en poussant des cris, pour ensuite s'ébattre dans l'eau, brièvement épinglés, attachés à un impulsif désir. Ils déclenchent trois ou quatre aboiements de Canaille que, bien entendu, ils n'entendent pas. Henk et Mia les regardent donc, ils sourient car la jeunesse est contagieuse, en dépit de ce qu'elle peut avoir d'horripilant. Au bout d'un moment, ils reviennent sur leurs pas. Ils gardent le silence. Quand ils ne perçoivent plus les voix frénétiques, le silence, à son tour irréel, les frappe. Il n'y a pas un souffle de vent, on n'entend ni humain, ni télévision, rien. Hormis le bruit de leurs pas et le trottinement de Canaille. Le silence favorise l'honnêteté, difficile de l'expliquer, peut-être parce qu'il suggère une forme d'intimité. Mia le sent. Elle en profite pour poser à Henk une question qui lui trotte dans la tête depuis un moment. Sa question débouche sur une conversation qui rend caducs tous les soucis liés à la chorégraphie de la séduction et va éliminer les obstacles sur le chemin de la chambre à coucher.

« Qu'est-ce que vous avez voulu dire en fait ? En disant que vous êtes amoureux de moi ?

– Oh, je… Je ne sais pas au juste. Je vous trouve gentille. Je vous trouve belle et gentille, c'est ce que j'ai dit de façon spontanée à Rosa, sur son lit. Ce n'était pas calculé, c'est venu tout seul. Que je suis amoureux de vous.

– Et qu'est-ce qu'elle a dit ?

– Elle m'a demandé si c'était la première fois, depuis mon divorce.

– C'est le cas ?

– Oui, en soi, ça l'est, mais…

– Mais quoi ?

– Je n'aurais pas dû le lui dire. Pas avec ces mots-là. Être amoureux. Il faut les employer avec parcimonie. Si je n'avais pas bu autant, j'aurais formulé les choses autrement.

– D'accord… Ça a le mérite d'être franc…

– Mais ?

– Mais un peu décevant. Ça m'a plu de vous les entendre dire. D'entendre que quelqu'un est amoureux de moi.

– Mais amoureux, je le suis ! Un peu. Non, beaucoup en fait. C'est juste que ce mot… Il y a des mots qui sont… Qui nous dépassent. Qui sont lourdingues. Je sais pas. Je veux dire, oui, amoureux, je le suis un peu. Quoi qu'il en soit, je vous trouve gentille. Et belle. Ah ! oui, j'ai aussi dit à Rosa que vous ressembliez à Patti Smith.

– Patti Smith ! J'ai tout d'elle !

– Ah oui ?

– Oui, enfin, presque tout…

– Vous lui ressemblez vraiment…

– Sûrement à cause de mes longs cheveux gris…

– Oui. Et de votre bouche… Une grande bouche. Et des yeux magnifiques. »

Ils s'immobilisent. Mia prend les mains de Henk dans les siennes et se met à chanter, tout comme quelques heures plus tôt.

« *Because the night… belongs to lovers…* »

La lune domine la petite ville, l'eau du Vecht coule, Mia chante et Henk sourit jusqu'aux oreilles tandis que Canaille pisse.

« Because the night… belongs to lovers… »

Mia se déshabille. Elle se tient au milieu de la chambre, un grand sourire aux lèvres, face à Henk qui déboutonne sa chemise, lui aussi un grand sourire aux lèvres. C'est bien, se disent-ils l'un à l'autre en silence, c'est vraiment très bien. Mia ne porte pas de soutien-gorge, rien qu'une blouse légère qu'elle retire en la passant par-dessus sa tête, révélant qu'il lui manque un sein, le gauche. Voilà un peu plus de trois ans, elle a eu un cancer qui, diagnostiqué à un stade précoce, n'en a pas moins nécessité cette ablation. Elle a renoncé à la reconstruction mammaire pour la même raison qu'elle s'abstient de teindre ses cheveux : l'aversion du faire semblant. Ce qu'elle donne donc à voir, c'est un sein plat, sans mamelon et, plus ou moins en travers, une cicatrice, une légère encoche.

Henk voit la poitrine. Mia, voyant qu'il voit sa poitrine, est immédiatement la proie d'un trouble car elle n'a pas songé une seconde à l'amputation. Un petit miracle. Dans les mois qui ont suivi l'opération, elle a eu trois, quatre amants, non parce qu'elle aimait ces types, ni même parce qu'elle avait envie de faire l'amour : elle voulait se forcer à accepter son nouveau corps – c'est ainsi qu'elle l'appréhendait : un nouveau corps. Les hommes en question lui offraient l'occasion d'être mise en face de la réalité. Eh oui, il leur fallait le lui apprendre : c'est bien mon corps. Posant les yeux sur son sein gauche, ils s'étaient montrés compréhensifs, gentils, tout ce qu'une femme peut souhaiter, mais cela ne l'avait guère aidée. Elle n'était pas parvenue à se défaire de la sensation qu'ils s'étaient comportés conformément à ce que l'on attendait d'eux, mais qu'en réalité ils n'avaient qu'une envie : décamper. Peut-être ne s'était-elle pas trompée. Elle avait finalement décidé de vivre sa vie sans hommes pendant un certain temps. Ça lui convenait mieux. La vérité, avait-elle fini par comprendre, c'est qu'il lui revenait à elle, et non aux hommes, d'apprendre à tolérer son nouveau corps.

Et maintenant, ça : Henk. Elle est tellement focalisée sur ce grand homme gentil et saoul qui se tient en face d'elle, sur la dextérité avec laquelle ses grosses mains un peu rudes défont les boutons de sa chemise, ce rictus idiot, la masse corporelle qui apparaît, mon Dieu, elle a hâte de le toucher, bref, elle est tellement focalisée sur lui qu'elle n'a pas pensé une seconde à sa poitrine avant de voir qu'il la voyait. Elle est choquée mais, dans l'instant qui suit, elle éprouve un intense soulagement : son sein, longtemps présent par son absence, est redevenu une partie normale de son corps, qui ne réclame aucune attention particulière, pas plus, disons, que son ventre, ses aisselles ou ses fesses, à propos desquels, pour être honnête, il y aurait tout autant à redire. Elle est donc heureuse, très heureuse même, mais entre-temps il y a ce regard de Henk. Il n'est guère difficile de lire ce qu'il pense, quelque chose comme : oh mon Dieu… Une expression qui peut recouvrir beaucoup de choses : un choc, de la tristesse, du dégoût, de la pitié, mais qui, en pratique, se résume à un malaise.

« Désolé, je ne savais pas, je… »

Non, bien sûr que non, comment aurait-il pu savoir ? Cela, il le comprend lui-même, voilà pourquoi il ne finit pas sa phrase, avance d'un pas et pose une grande main sur ce qui reste du sein gauche. Mia sursaute, non à cause du geste de Henk, non à cause de cette grande main, mais parce que ça lui rappelle, sans qu'elle ait eu la présence d'esprit d'y penser, que cette partie de son corps est pour ainsi dire insensible. Son sein gauche est engourdi à jamais. Elle pose une main sur celle de Henk.

« Désolée, j'aurais peut-être dû en parler…

– Non mais ça va pas, bien sûr que non…

– J'ai eu un cancer du sein il y a quelques années…

– Tu n'as pas à te justifier, tu ne me dois rien.

– Je ne ressens presque plus rien de ce côté-là, donc c'est mieux si tu… »

Regardez, Henk se remet à sourire, il fait tout de suite passer sa main sur le sein droit de Mia, charnu, chaud, doux, beau, gracieux, émouvant, un truc cocasse en fait, néanmoins formidable, enfin, toutes ces choses qu'un sein de femme implique. Il dit :

« Beaucoup mieux… »

Et c'est tout. Ils peuvent reprendre. Toujours l'un en face de l'autre, ils retirent leurs derniers vêtements. Soudain, Henk brandit une brosse à dents, lui-même perplexe, mais l'instant d'après, tous deux s'approchent du lit en se touchant avec toujours plus d'audace. Ça manque de souplesse, de spontanéité ; ça pourrait même laisser une impression embarrassante au spectateur de la scène, mais eux, la scène, ils ne l'observent plus, la lubricité a définitivement pris le dessus, et les dernières inhibitions valsent sous ce qu'ils désirent à présent avec frénésie : l'un l'autre.

Il existe une grande différence entre le Henk qui était allongé sur le canapé plus tôt dans la journée, le Henk aux allures de morse, qui semblait s'étaler comme une masse molle débordante, et le Henk qui fait maintenant l'amour à Mia. On dirait que tout son poids s'est rassemblé, concentré pour former cette fois une masse masculine cohérente et efficace n'ayant qu'une seule visée : le plaisir, la jouissance. Mia ferme les yeux et le laisse agir parce que c'est exactement ce qu'elle désire, et ceci, et cela, et oh oui, oh chéri. C'est la *Lebensbejahung* qui donne à Henk cette masse masculine performante : vouloir vivre, vouloir faire l'amour, vouloir jouir, ici, maintenant, et regardez, la poudre de son corps se transforme en amant dévoué.

Lebensbejahung se mue en *Miabejahung*. Elle garde les yeux fermés. Oui, ceci, et cela, et oh. Les longs cheveux gris sont plus ou moins étalés en éventail sur l'oreiller vert olive. La ressemblance avec Patti Smith est d'autant plus frappante à présent : elle a des traits similaires, pas très fins (une large bouche, un gros nez, des sourcils épais et hirsutes), mais qui, à la différence de ceux de la chanteuse, se durcissent rarement et se font rarement désagréables. Mia est trop gentille pour ça. Trop laconique pour ça aussi peut-être. Elle est prof de chimie. Saisir qu'elle-même, que Henk, que tout le monde est de la poudre, du carbone pour être exact, qu'on ne saurait différencier du carbone d'un pneu de voiture, ne lui coûte aucun effort. Pendant ses études, elle a lu un récit de Primo Levi traitant du carbone. Levi y décrit le cycle de vie ludique d'un atome de carbone : comment il apparaît à la surface d'un calcaire en érosion, s'en détache, est emporté par le vent, par les eaux, par le vent encore, comment il passe par les poumons d'un aigle, atterrit dans un vignoble, contribue à un processus de photosynthèse puis, dans une longue chaîne à laquelle participent d'autres atomes de carbone, devient une partie d'un grain de raisin, du vin, est bu, métabolisé et stocké sous forme de glucose dans un foie. Là, il prend le temps de souffler un peu. Mais voici que le propriétaire du foie pique un sprint pour poster une lettre à temps, libérant du glucose et ensuite… Bref, ainsi de suite. Pour finir, l'atome est inhalé par l'écrivain dont le sang le conduit jusqu'au cerveau où il met en branle un neurone, ce qui à vrai dire amène l'écrivain à poser un point, le point final. Mia n'est pas une grande lectrice, mais cette histoire s'est gravée dans son esprit, et, un jour dans les années à venir, elle la fera lire à Henk qui, bien entendu, la trouvera géniale. De la poudre. Poudre de carbone. Alors bon. C'est une vision qui confère à sa vie une agréable légèreté – il suffit de voir avec quelle facilité elle se laisse aimer.

Puis quelque chose distrait Henk. Quelque chose d'autre que Mia réclame son attention. Il repousse cette chose et s'emploie encore plus, mais ça n'est pas simple car cet effort détourne son attention. Ses mouvements se font désordonnés. Mia ouvre les yeux.

« Qu'est-ce qu'il y a ?

– Rien. Je… »

Il se redresse. Seule la lumière de la lune éclaire la chambre, baignant la scène d'une atmosphère de BD underground, un clair-obscur bleuté d'ombres profondes et dramatiques. Henk passe une main sur son crâne, d'avant en arrière et d'arrière en avant.

« Rien… Je ne sais pas… »

À vrai dire, il sait : il n'a pas d'érection exploitable. Rien qu'une demi-érection, une faiblarde tumescence sans battement cardiaque, avec laquelle il ne peut pas accomplir grand-chose. Il prend le bidule dans sa main, le pinçote, mais Mia l'interrompt.

« Attends, laisse-moi… »

Elle a des mains minces aux longs doigts sans bagues. Henk les a examinées plus tôt dans la journée, à bord du bus, pour évaluer son âge. Elle les tenait alors devant elle, sur ses cuisses. À présent, il les voit en action, plutôt rationnelles, un rien impatientes. Il se laisse tomber sur les oreillers et regarde Mia qui essaie de redonner vie à son pénis. Il a honte. Une femme comme Mia a droit à une érection sur commande, or regardez-moi ça. Son pénis ne fait rien. C'est le vin. C'est cette journée. Non, c'est sa vie, toute cette chaîne de et puis, et alors, et puis, et alors, qui l'a amené ici, sur ce lit, doté d'un bon à rien de pénis entre les mains diligentes de cette femme. Il est vraiment crevé.

« Mia… »

Elle lève les yeux, cherche les siens et lâche son pénis. Puis elle rampe contre lui, embrasse un téton qu'elle rencontre par hasard, le mordille, le lèche, et finit par se blottir contre lui en le gratifiant d'une tape d'encouragement sur le ventre. Henk ne s'en rend pas compte. Il s'est endormi, d'une seconde à l'autre quasiment, si bien que la journée entière, son premier réveil, ce cœur et ce sang, la canicule de juillet, Canaille, Saskia, Mia, Freek, Jan, le fromage (y compris le fromage à pâte fondue), le voisin, *Kees de jongen*, Rosa Bizarre, l'Henkiosyncrasie de Henk, le vin (mais aussi le sherry), Maaike (la liaison avec…), Canaille, le vétérinaire, l'insuffisance cardiaque, Nietzsche, les souvenirs, les histoires, la fibre musicale de Canaille, George Baker Selection, Lydia (y compris le divorce), le somme (y compris une rêverie spéculative sur son angoisse de la mort), le deuxième réveil, Canaille, le bus, le garçon à bord du canot, Mia, la poudre poétique… Que cette journée entière, donc, *boum*, s'évanouit instantanément.

HENK EST EN TRAIN DE RÊVER. Dans quelques minutes, il va se réveiller et se souviendra du rêve. Dans le rêve, il est en train de discuter. Il n'a aucune idée de l'identité de son interlocuteur ou de son interlocutrice, peut-être une partie inconnue de lui-même, un lobe du cerveau qui se manifeste à lui pour la première fois, alors qu'il a cinquante-six ans, et qui entreprend sans délai de se mêler de ses oignons, à l'instar d'un membre du Parlement nouvellement élu. Quoi qu'il en soit, la conversation se déroule comme suit.

« Henk, à quoi tu penses ?

– À Mia.

– Pourrais-tu être un peu plus explicite ?

– Je pense à ses yeux. À la couleur de ses yeux. Je ne sais pas de quelle couleur ils sont.

– Va voir, je crois bien qu'elle est dans la cuisine.

– Oui, elle prépare un curry, mais ce n'est pas la question. Je ne veux pas aller regarder, je veux savoir de quelle couleur sont ses yeux. C'est quand même fou que je ne le sache pas, non ?

– Pourquoi c'est fou ?

– J'ai regardé dans ses yeux tellement de fois et je n'en connais même pas la couleur !

– Tu fournis toi-même l'explication : tu as regardé *dans* ses yeux et non pas *ses* yeux.

– C'est trop subtil pour moi. C'est idiot que je ne le sache pas. Une forme d'indifférence. De négligence. À croire qu'elle ne m'intéresse pas vraiment.

– Tu te sens coupable ?

– Oui. Non. Je veux dire, la culpabilité, quand on y réfléchit, c'est un mot à la con… Il s'agit plutôt d'une sensation de tristesse : même elle, elle semble me glisser, me filer entre les doigts, comme ça…

– Ah ! ton dada : la vie que l'on oublie dans l'instant…

– Oui, peut-être. Désolé. Apparemment, ça me contrarie. Crois-tu que je chouine trop ?

– En ce qui me concerne, tu peux chouiner tout ton saoul… Mais écoute-moi pour une fois, il n'est pas trop tard. Tout à l'heure, vous allez dîner ensemble, un curry, tu auras alors tout loisir de regarder ses yeux. De les contempler avec attention.

– Oui…

– Les contempler pour que la vie ne te file pas entre les doigts…

– Oui…

– Qu'est-ce qu'il y a ?
– Le curry. J'aime pas vraiment ça, en vérité. »

À ce moment-là, il se réveille, la quatrième fois en l'espace de vingt-quatre heures ; cette fois-ci, sa conscience se présente comme une pièce vide et peu éclairée, comme une cellule monacale : il est tout à fait réveillé, mais sans rien penser ni ressentir de précis. Avec un retard considérable, le rêve s'infiltre en lui, curieusement accompagné d'une odeur de curry, puis du son de l'autre voix, enfin de la question de savoir de quelle couleur sont les yeux de Mia. Il le sait tout de suite : verts, bien sûr.

Il tourne la tête. Mia est endormie. Elle s'est écartée de lui ; allongée sur le côté, elle lui tourne le dos. Peut-être rêve-t-elle. Peut-être lui en parlera-t-elle au matin lors du petit déjeuner gueule de bois. Peut-être iront-ils se promener avec Canaille après ce petit déjeuner. Peut-être une fois rentrés de la promenade feront-ils enfin l'amour. Peut-être vont-ils prendre l'habitude de se voir régulièrement. Peut-être seront-ils heureux.

Petit à petit, la cellule monacale de sa conscience se remplit, d'abord de pensées, d'images et de souvenirs qui peinent à prendre forme, par exemple le souvenir d'un bord de chaussée, vert, quelque part, le long d'une petite route, à l'étranger qui sait. Petit à petit, bien qu'elles conservent la simplicité conforme à une telle cellule, ses pensées s'éclaircissent. C'est drôle, se dit-il, en réalité j'aime bien le curry. Mais soudain la cellule se remplit d'une chose tout à fait différente, une chose qui occupe tout l'espace et attire toute son attention, un pandémonium de violet et de vert et de jaune, *nausée*, qui le force à se lever, à se précipiter dans l'escalier, à traverser à la hâte le salon jusqu'aux toilettes où il vomit.

Le pinard, se dit-il, penché au-dessus de la cuvette, et peut-être aussi les dés de fromage qu'il a visiblement avalés sans avoir pris soin de les mâcher. Il vomit une deuxième fois, puis se roule en haletant par terre, sur le dos, ce qui lui offre une vue inédite sur la paroi de la cabine de douche puis sur le plafond attaqué par l'humidité. Inédite mais rassurante : le pire est passé, place au rétablissement. Il lui faut quelques minutes avant de pouvoir bouger, se redresser, se relever, se rincer le visage, la bouche, se brosser les dents, traverser le salon et gagner la cuisine, car, allongé sur le carrelage de la salle de bains, il s'est convaincu qu'un grand verre de lait fermenté glacé lui ferait le plus grand bien. En buvant (debout, à côté du réfrigérateur), il perçoit un son désagréable de râpe. Il sait immédiatement de quoi il s'agit : Canaille, qui a du mal à respirer. Le chien est couché sous l'escalier, pattes étendues devant lui, tête posée sur elles.

« Canaille, voyons… »

Non sans peine, il soulève le chien et le porte jusqu'au canapé. Henk s'assied, Canaille sur ses genoux.

« Voilà, ça va déjà mieux… »

Canaille se laisse faire comme si cela ne le concernait pas : ce chien qui a du mal à respirer, ces flancs agités, ce halètement, cette langue molle, c'est un autre chien, pas moi, pas Canaille, lui, il est sorti faire un tour. Installé sur les genoux de Henk, c'est l'étranger : un non-Canaille. Henk se demande quand il pourra lui administrer la prochaine dose de médicaments ; il a perdu toute notion de temps. La lumière de la lune ne lui fournit aucun point de repère. De toute façon, la nuit s'étend devant lui, déserte, telle une plaine qu'il lui faut traverser avec Canaille. Une étape qu'il accepte sans rechigner. Assis sur le canapé, il ne se sent pas fébrile, aucune partie de son corps ne cherche à s'échapper, ses pensées ne font pas les montagnes russes, il caresse la tête, les oreilles et le dos du chien. Cela ne tarde pas à avoir un effet positif. L'animal adopte une respiration plus calme. Dans une poignée d'heures, il avalera ses médicaments et voudra sortir. Dans les jours à venir, il va s'habituer au traitement, et les symptômes vont en grande partie disparaître, même si des essoufflements subits sont à prévoir. C'est ainsi que cela va se passer pendant un certain nombre de semaines ; parfois, il sera difficile pour Henk d'appréhender le processus dans le muscle cardiaque du chien. Puis, un bon mois après, les symptômes vont empirer, se faire plus virulents ; dès lors, les choses iront vite. Canaille va souffrir. Henk va souffrir. Pleurant loin de là, Lydia, dans un pull angora noir, va souffrir. Le 17 novembre, les souffrances de Canaille prendront fin. Henk le fera piquer, vers trois heures de l'après-midi, par le même vétérinaire que celui qui a diagnostiqué une insuffisance cardiaque. D'une voix douce, Henk va s'adresser au chien moribond. Vas-y,

Canaille, vas-y, c'est bien comme ça. Ensuite, il prendra le chien mort dans ses bras et geindra sans retenue. Pas des pleurs, mais des geignements. Il se dira, tout en geignant, que c'est bien qu'il soit seul, sans Mia, sans Rosa, sans Lydia, car une peine qu'on ne contrôle pas peut faire des dégâts. Seul le vétérinaire en est témoin, or il connaît ça. Pendant que Henk gémit et fourre sa figure dans la fourrure de Canaille, caresse une dernière fois le museau oblong et fait passer une dernière fois les oreilles entre ses doigts, l'homme reste droit comme un I à côté de la table d'examen. Quand enfin Henk se calme et lève les yeux, il voit l'homme debout et se souvient de son fils décédé. Pendant quelques secondes, il éprouve l'impulsion de le serrer dans ses bras. Ce qu'il ne fait pas, bien entendu. Henk finira par reposer Canaille sur la table, s'essuyer les yeux et le visage avec un mouchoir en papier et se moucher. Puis il donnera une poignée de main solennelle au vétérinaire, hochera la tête, enfoncera une fois de plus sa figure dans la fourrure de Canaille, et encore une fois, et une toute dernière fois, avant de se retourner brusquement et de s'en aller, de sortir dans l'abomination qu'est le monde.

Mais tout cela reste à venir. Pour l'instant, c'est samedi, pardon, dimanche, en ce mois de juillet, et le moment de faire le bilan approche. Que voit-on au juste sur le canapé ? On voit Henk et Canaille. Comment décrire au mieux la journée écoulée ? Comme une catharsis peut-être, une expérience de purification qui, non attendez, ne faisons pas ça, ne parlons pas de bilan, cette connerie de concept, il y a du temps qui passe, voilà tout, ce n'est pas si compliqué que ça. Contentons-nous de constater que le passage à la prochaine journée est imminent. Contentons-nous de jeter un dernier coup d'œil – de contempler avec attention, bien sûr – avant d'en rester là.

On voit Henk et Canaille. Henk a une physionomie calme, mais il est évident que les échos de la journée résonnent dans sa tête. Peut-être songe-t-il à Rosa, à Freek, à Jan, à la céramiste, qui sait. Peut-être tente-t-il de poser des mots sur ce qui lui est arrivé au cours des dernières vingt-quatre heures. Rien. Tout. Sa vie. On peut supposer qu'il pense à Mia, laquelle dort tranquillement à l'étage. Mia, songe-t-il sans doute. Mia, Mia, Mia, Mia, Mia, Mia, Mia, Mia, Mia. Mia.

En ce qui concerne Henk et Mia, ce qui suit est écrit. Henk va pénétrer Mia à plusieurs reprises. Il le fera dans une variété surprenante de positions, les premières fois à la demande de Mia, par la suite pour répondre à sa propre soif d'aventures érotiques aux sources insoupçonnées – une découverte tardive mais agréable. Elle se traduira presque toujours par un ou plusieurs orgasmes des deux participants, souvent plus ou moins simultanément. Dans l'ensemble, ils seront heureux, certes grâce au sexe, grâce à la sagesse qui les persuade de vivre séparément, mais surtout parce qu'ils raffolent l'un de l'autre. Bien entendu, de temps à autre, l'indifférent despote de la vie se fera valoir, avec ses habituels accrocs, incongruités, erreurs de timing et barbantes répétitions. En conséquence, de temps à autre, ils traverseront des moments difficiles ; reste donc à déterminer combien de mois ou d'années ils passeront ensemble, mais bon, qu'est-ce que ça peut faire – chaque seconde de bonheur n'est-elle pas splendide ?

Le clair de lune réfléchit une suite de motifs pâles qui se déplacent progressivement dans la pièce, sur le parquet, la table basse, un dessin réalisé par Rosa à l'âge de cinq ans (*Homme aux lunettes vertes dans le bateau avec le gentil ourson*), un vase en verre bleu, une pile de livres, un journal, une chaussette rouge, une oreille de cochon rognée… Les motifs passent sur le canapé, sur Henk et Canaille, on dirait la main d'un ange : pas d'inquiétude, je veille sur vous. Canaille s'endort. À son tour, Henk se trouve imperceptiblement cerné par le sommeil ; toutefois, il demeure encore sous l'emprise de sa conscience. Puis il s'allonge pour être plus à l'aise. C'est agréable. Son mouvement réveille Canaille, lequel pousse un soupir, de satisfaction semble-t-il, avant de se rendormir. Henk lui caresse le crâne pendant que ses pensées vont là où elles vont et que lui-même chancelle derrière elles.

Au bout d'un certain temps – il ne saurait dire combien –, il entend des pas dans l'escalier, des pas très discrets, ceux d'un enfant qui descend le matin de son anniversaire, incapable de contenir sa curiosité et impatient de découvrir la chaise décorée, les guirlandes, les cadeaux qui l'attendent sur la table du petit déjeuner. Ce n'est pas un enfant, c'est Mia, elle ne cherche pas à descendre sans bruit, elle se déplace tout simplement avec une légèreté qui fait croire qu'elle ne touche pas le sol. Elle est nue. Henk sent que son cœur s'ouvre, ce qui est risqué après la journée qui vient de s'écouler. Le moindre geste de Mia – un sourire, une mèche de cheveux écartée, le haussement d'un sourcil touffu –, et il va craquer. Cependant, elle ne le voit pas. Elle traverse le salon en diagonale jusqu'au couloir, toujours de sa démarche légère. Peu après, Henk entend la chasse d'eau. Quand Mia réapparaît, elle s'arrête dans l'embrasure de la porte, mais au moment où il s'apprête à lui dire quelque chose, elle se remet en mouvement et avance, toujours sans le voir, d'une légèreté incroyable sur ses longs pieds, gagne l'escalier, l'étage et disparaît.

Oh ! Mia, se dit Henk. Oh ! Mia, Mia, Mia, Mia, Mia, Mia Mia Mia Mia Mia Mia Mia Mia MiaMia MiaMiaMia…

Les heures passent, la vie passe. Le sommeil s'immisce toujours plus. Canaille pousse un autre soupir. Henk voit le cœur du chien battre dans sa poitrine. Il pose une main sur sa propre poitrine et sent son cœur d'homme battre. Il constate que son sang circule, approvisionne en oxygène ses organes et que, quelque part dans ce processus, la joie de vivre se met à abonder. Et c'est là, comprend-il, alors que ses yeux se ferment enfin, alors qu'à l'est le soleil se lève, alors que la terre déverse imperturbablement sa chaleur dans un univers pourtant froid, alors que…

Et c'est là, comprend-il, c'est là en effet la chose la plus sensée que l'on puisse dire sur le sujet.

Les citations des pages 16 (*grandeur*) et 34 (*most beautiful and most wonderful*) sont tirées du livre de Charles Darwin *L'Origine des espèces*. À la page 16, *de poussière et de temps* provient du poème « Le tango » de Jorge Luis Borges. À la page 97, *la tombe humide de notre naissance* renvoie à un vers d'« *Intensive care* » de Menno Wigman. À la page 153, je dois l'allusion au fait de vieillir puis de mourir, avec ou sans amour, au poème « *Scheppend kunstenaar* » de Gerard Reve.

Les vers de Fernando Pessoa à la page 144 sont tirés de « Lorsque viendra le printemps » (traduction d'Armand Guibert). À celles et ceux qui, comme moi, ressentent de temps à autre le besoin de recourir à une prière païenne, je recommande de lire l'intégralité de ce poème.

Pour plus d'informations, voir www.sanderkollaard.nl.

Conception graphique et réalisation
Anne-Marie Bourgeois/m87design

✷

Achevé d'imprimer
sur Roto-Page
par l'Imprimerie Floch à Mayenne,
en août 2023

✷

Dépôt légal
août 2023

Numéro d'imprimeur
103003

✷

Édition n° 1

Imprimé en France